suhrkamp taschenbuch 1379

Hermann Hesse, am 2. Juli 1877 in Calw/Württemberg als Sohn eines baltendeutschen Missionars und einer württembergischen Missionarstochter geboren, 1946 ausgezeichnet mit dem Nobelpreis für Literatur, starb am 9. August 1962 in Montagnola bei Lugano.

Seine Bücher, Romane, Erzählungen, Betrachtungen, Gedichte, politischen, literatur- und kulturkritischen Schriften sind mittlerweile in einer Auflage von mehr als 70 Millionen Exemplaren in aller Welt verbreitet und haben ihn zum meistgelesenen europäischen Autor des 20. Jahrhunderts in den USA und in Japan gemacht.

Dem jungen englischen Vikar Robert Aghion, für den sich in der Heimat keine Stelle findet, bleibt nichts anderes übrig, als sich für den Missionsdienst in der britischen Kronkolonie Indien zu bewerben. Doch schon bald nach der Ankunft auf seiner Station südlich von Bombay muß er erkennen, daß die stolzen Brahmanen keineswegs jenes angeblich ignorante Naturvolk waren, das darauf wartet, sich von zugereisten Fremden über die göttliche Ordnung belehren zu lassen. Er erlebt den indischen Alltag als so von Religiosität und spiritueller Symbolik durchsetzt wie nirgendwo in Europa und findet dabei eine Toleranz gegen Andersgläubige, die ihn beschämt. Im Gegensatz zu seinen Landsleuten, Händlern wie Missionaren, erlernt er die Hindostani-Sprache und in dem Maße, wie er dabei die von ihm zu »bekehrende« Kultur kennenlernt, scheint es ihm »eine Frechheit und Überhebung, als Abgesandter eines fernen Volkes diesen Menschen ihren Gott und Glauben zu nehmen und einen anderen dafür aufzunötigen«.

Hermann Hesse
Robert Aghion

Erzählung

Suhrkamp

Umschlagmotiv von Rolf Köhler
Geschrieben im Mai 1912
Erstdruck in *Die Schweiz*, Zürich, vom Januar 1913
Redaktion: Volker Michels

suhrkamp taschenbuch 1379
Erste Auflage 1988
Aus Hermann Hesse, *Aus Indien*, Copyright 1913, Berlin.
Suhrkamp Taschenbuch Verlag

Satz: LibroSatz, Kriftel/Taunus
Druck: Ebner Ulm
Printed in Germany
Umschlag nach Entwürfen von
Willy Fleckhaus und Rolf Staudt

1 2 3 4 5 6 – 93 92 91 90 89 88

Robert Aghion

Im Laufe des achtzehnten Jahrhunderts wuchs in Großbritannien eine neue Art von Christentum und christlicher Betätigung heran, die sich aus einer winzigen Wurzel ziemlich rasch zu einem großen exotischen Baume auswuchs und welche einem jeden heute unter dem Namen der evangelischen Heidenmission bekannt ist.

Für die von England ausgehende protestantische Missionsbewegung war äußerlich nicht wenig Grund und Anlaß vorhanden. Seit dem glorreichen Zeitalter der Entdeckungen hatte man allerwärts auf Erden entdeckt und erobert, und es war das wissenschaftliche Interesse an der Form entfernter Inseln und Gebirge ebenso wie das seefahrende und abenteuernde Heldentum überall einem modernen Geist gewichen, der sich in den entdeckten exotischen Gegenden nicht mehr für aufregende Taten und Erlebnisse, für seltsame Tiere und romantische Palmenwälder interessierte, sondern für Pfeffer und Zucker, für Seide und Felle, für Reis und Sago, kurz für die Dinge, mit denen der Welthandel Geld verdient. Darüber war man häufig etwas einseitig und hitzig geworden und hatte manche

Regeln vergessen und verletzt, die im christlichen Europa Geltung hatten. Man hatte eine Menge von erschrockenen Eingeborenen da draußen wie Raubzeug verfolgt und niedergeknallt, und der gebildete christliche Europäer hatte sich in Amerika, Afrika und Indien benommen wie der in den Hühnerstall eingebrochene Marder. Es war, auch wenn man die Sache ohne besondere Empfindsamkeit betrachtete, recht scheußlich hergegangen und recht grob und säuisch geräubert worden, und zu den Regungen der Scham und Entrüstung im Heimatvolke gehörte auch die Missionsbewegung, fußend auf dem schönen Wunsche, es möchte den Heidenvölkern von Europa her doch auch etwas anderes, Besseres und Höheres mitgebracht werden als nur Schießpulver und Branntwein.

Es kam in der zweiten Hälfte des vorvorigen Jahrhunderts in England nicht allzuselten vor, daß wohlmeinende Privatleute sich dieses Missionsgedankens tätig annahmen und Mittel zu seiner Ausführung hergaben. Geordnete Gesellschaften und Betriebe dieses Behufes aber, wie sie heute blühen, gab es zu jener Zeit noch nicht, sondern es versuchte eben ein jeder nach eigenem Vermögen und auf eigenem Wege die gute Sache zu fördern, und wer damals als Missionar in ferne Länder auszog, der fuhr nicht wie ein heutiger gleich einem wohladressierten Poststück durch die Meere und einer geregelten und organisierten Arbeit entgegen, sondern er reiste mit Gottvertrauen und ohne viel Anleitung geradenwegs in ein zweifelhaftes Abenteuer hinein.

In den neunziger Jahren entschloß sich ein Londoner Kaufherr, dessen Bruder in Indien reich geworden und dort ohne Kinder gestorben war, eine bedeutende Geldsumme für die Ausbreitung des Evangeliums in jenem Lande zu stiften. Ein Mitglied der mächtigen Ostindischen Kompagnie sowie mehrere Geistliche wurden als Ratgeber herbeigezogen und ein Plan ausgearbeitet, nach welchem zunächst drei oder vier junge Männer, mit einer hinlänglichen Ausrüstung und gutem Reisegeld versehen, als Missionare ausgesandt werden sollten.

Die Ankündigung dieses Unternehmens zog alsbald einen Schwarm von abenteuerlustiger Mannheit heran, erfolglose Schauspieler und entlassene Barbiergehilfen glaubten sich zu der verlockenden Reise berufen, und das fromme Kollegium hatte alle Mühe, über die Köpfe dieser Zudringlichen hinweg nach würdigen Männern zu fahnden. Unter der Hand suchte man vor allem junge Theologen zu gewinnen, doch war die englische Geistlichkeit durchweg keineswegs der Heimat müde oder auf anstrengende, ja gefährliche Unternehmungen erpicht; die Suche zog sich in die Länge, und der Stifter begann schon ungeduldig zu werden.

Da verlor sich die Kunde von seinen Absichten und Mißerfolgen endlich auch in ein Bauerndorf in der Gegend von Lancaster und in das dortige Pfarrhaus, dessen ehrwürdiger Herr seinen jungen Bruderssohn namens Robert Aghion als Amtsgehilfen bei sich in Kost und Wohnung hatte. Robert Aghion war der Sohn eines Schiffskapitäns und einer frommen fleißigen Schottin, er hatte den Vater früh verloren und kaum gekannt und war als ein Knabe von guten Gaben durch seinen Onkel auf Schulen geschickt und ordnungsgemäß auf den Beruf eines Geistlichen vorbereitet worden, dem er nunmehr so nahestand, als ein Kandidat mit guten Zeugnissen, aber ohne Vermögen, es eben konnte. Einstweilen stand er seinem Oheim und Wohltäter als Vikarius bei und hatte auf eine eigene Pfarre bei dessen Lebzeiten nicht zu rechnen. Da nun der Pfarrer Aghion noch ein rüstiger Mann war, sah des Neffen Zukunft nicht allzu glänzend aus. Als ein armer Jüngling, der nach aller Voraussicht nicht vor dem mittleren Mannesalter auf ein eigenes Amt und Einkommen zu rechnen hatte, war er für junge Mädchen kein begehrenswerter Mann, wenigstens nicht für ehrbare, und mit anderen als solchen war er nie zusammengetroffen.

Als Sohn einer herzlich frommen Mutter hatte er einen schlichten Christensinn und Glauben, welchen als Prediger zu bekennen ihm eine Freude war. Seine eigentlichen geistigen Vergnügungen aber fand er im Betrachten der Natur, wofür er ein feines Auge besaß. Als ein bescheidener frischer Junge mit tüchtigen Augen und Händen fand er Befriedigung im Sehen und Kennen, Sammeln und Untersuchen der natürlichen Dinge, die sich ihm darboten. Als Knabe hatte er Blumen gezüchtet und botanisiert, hatte dann eine Weile sich eifrig mit Steinen und Versteinerungen abgegeben, und neuerdings, zumal seit seinem Aufenthalt in der ländlichen Umgebung, war ihm die vielfarbige Insektenwelt vor allem andern lieb geworden. Das Allerliebste aber waren ihm die Schmetterlinge, deren glänzende Verwandlung aus dem Raupen- und Puppenstande ihn immer wieder innig entzückte und deren Zeichnung und Farbenschmelz ihm ein so reines Vergnügen bereiteten, wie es geringer befähigte Menschen nur in den Jahren der frühen Kindheit erleben können.

So war der junge Theologe beschaffen, der als erster auf die Kunde von jener Stiftung hin alsbald aufhorchte und ein Verlangen in seinem Innersten gleich einem Kompaßzeiger gegen Indien hinweisen fühlte. Seine Mutter war vor wenigen Jahren gestorben, ein Verlöbnis oder auch nur ein heimlicher Verspruch mit einem Mädchen bestand nicht. Er schrieb nach London, bekam ermunternde Antwort und das Reisegeld für die Fahrt nach der Hauptstadt zugestellt und fuhr gleich darauf mit einer kleinen Bücherkiste und einem Kleiderbündel getrost nach London, wobei ihm nur leid tat, daß er seine Herbarien, Versteinerungen und Schmetterlingskästen nicht mitnehmen konnte.

Bänglich betrat in der düstern brausenden Altstadt von London der Kandidat das hohe ernste Haus des frommen Kaufherrn, wo ihm im düsteren Korridor eine gewaltige Wandkarte der östlichen Erdhälfte und gleich im ersten Zimmer ein großes fleckiges Tigerfell das ersehnte Land vor Augen führte. Beklommen und verwirrt ließ er sich von dem vornehmen Diener in das Zimmer führen, wo ihn der Hausherr erwartete. Es empfing ihn ein großer, ernster, schön rasierter Herr mit eisblauen scharfen Augen und strengen alten Mienen, dem der schüchterne Bewerber jedoch nach wenigen Reden recht wohl gefiel, so daß er ihn zum Sitzen einlud und sein Examen mit Vertrauen und Wohlwollen zu Ende führte. Darauf ließ der Herr sich seine Zeugnisse übergeben und schellte den Diener herbei, der den Theologen stillschweigend hinwegführte und in ein Gastzimmer brachte, wo unverweilt ein zweiter Diener mit Tee, Wein, Schinken, Butter und Brot erschien. Mit diesem Imbiß ward der junge Mann allein gelassen und tat seinem Hunger und

Durst Genüge. Dann blieb er beruhigt in dem blausamtenen Armstuhl sitzen, dachte über seine Lage nach und musterte mit müßigen Augen das Zimmer, wo er nach kurzem Umherschauen zwei weitere Entgegenkömmlinge aus dem fernen heißen Lande entdeckte, nämlich in einer Ecke neben dem Kamin einen ausgestopften rotbraunen Affen und über ihm aufgehängt an der blauen Seidentapete das gegerbte Fell einer riesig großen Schlange, deren augenloser Kopf blind und schlaff herabhing. Das waren Dinge, die er schätzte und die er sofort aus der Nähe zu betrachten und zu befühlen eilte. War ihm auch die Vorstellung der lebendigen Boa, die er durch das Zusammenbiegen der glänzend silbrigen Haut zu einem Rohre zu unterstützen versuchte, einigermaßen grauenvoll und zuwider, so ward doch seine Neugierde auf die geheimnisvolle Ferne durch ihren Anblick noch geschürt. Er dachte sich weder von Schlangen noch von Affen schrecken zu lassen und malte sich mit Wollust die fabelhaften Blumen, Bäume, Vögel und Schmetterlinge aus, die in solchen gesegneten Ländern gedeihen mußten.

Es ging indessen schon gegen Abend, und ein stummer Diener trug eine angezündete Lampe herein. Vor dem hohen Fenster stand neblige Dämmerung. Die Stille des vornehmen Hauses, das ferne schwache Wogen der großen Stadt, die Einsamkeit des hohen kühlen Zimmers, in dem er sich wie gefangen fühlte, der Mangel an jeder Beschäftigung und die Ungewißheit seiner romanhaften Lage verbanden sich mit der zunehmenden Dunkelheit der Londoner Herbstnacht und stimmten die Seele des jungen Menschen von der Höhe seiner Hoffnung immer weiter herab, bis er nach zwei Stunden, die er horchend und wartend in seinem Lehnstuhl hingebracht hatte, für heute jede Erwartung aufgab und sich kurzerhand müde in das vortreffliche Gastbett legte, wo er in kurzem einschlief.

Es weckte ihn, wie ihm schien, mitten in der Nacht, ein Diener mit der Nachricht, der junge Herr werde zum Abendessen erwartet und möge sich beeilen. Verschlafen kroch Aghion in seine Kleider und taumelte mit blöden Augen hinter dem Manne her durch Zimmer und Korridore und eine Treppe hinab bis in das große, grell von Kronleuchtern erhellte Speisezimmer, wo ihn die in Sammet gekleidete und von Schmuck funkelnde Hausfrau durch ein Augenglas betrachtete und der Herr ihn zwei Geistlichen vorstellte, die ihren jungen Bruder gleich während der Mahlzeit in eine scharfe Prüfung nahmen und vor allem sich über die Echtheit seiner christlichen Gesinnung zu unterrichten suchten. Der schlaftrunkene Apostel hatte Mühe, alle Fragen zu verstehen und gar zu beantworten; aber die Schüchternheit kleidete ihn gut, und die Männer, die an ganz andere Aspiranten gewöhnt waren, wurden ihm alle wohlgesinnt. Nach Tische wurden im Nebenzimmer Landkarten vorgelegt, und Aghion sah zum ersten Male die Gegend, der er Gottes Wort verkündigen sollte, auf der indischen Karte als einen gelben Fleck südlich von der Stadt Bombay liegen.

Am folgenden Tage wurde er zu einem ehrwürdigen alten Herrn gebracht, der des Kaufherrn oberster geistlicher Berater war. Dieser Greis fühlte sich sofort von dem harmlosen jungen Menschen angezogen. Er wußte Roberts Sinn und Wesen rasch zu erkennen, und da er wenig geistlichen Unternehmungsgeist in ihm wahrnahm, wollte der Junge ihm leid tun, und er stellte ihm die Gefahren der Seereise und die Schrecken der südlichen Zonen eindringlich vor Augen; denn es schien ihm sinnlos, daß ein junger Mensch sich da draußen opfere und zugrunde richte, wenn er nicht durch besondere Gaben und Neigungen zu einem solchen Dienst bestimmt schien. So legte er denn dem Kandidaten die Hand auf die Schulter, sah ihm mit eindringlicher Güte in die Augen und sagte: »Was Sie mir sagen, ist gut und mag richtig sein; aber ich kann noch immer nicht ganz verstehen, was Sie nun eigentlich nach Indien zieht. Seien Sie offen, lieber Freund, und sagen Sie mir ohne Hinterhalt: ist es irgendein weltlicher Wunsch und Drang, der Sie treibt, oder ist es lediglich der innige Wunsch, den armen Heiden unser liebes Evangelium zu bringen?« Auf diese Anrede wurde Robert Aghion so rot wie ein ertappter Schwindler. Er schlug die Augen nieder und schwieg eine Weile, dann aber bekannte er freimütig, mit jenem frommen Willen sei es ihm zwar völlig ernst, doch wäre er wohl nie auf den Gedanken gekommen, sich für Indien zu melden und überhaupt Missionar zu werden, wenn nicht ein Gelüst nach den herrlichen seltenen Pflanzen und Tieren der tropischen Lande, zumal nach deren Schmetterlingen, ihn dazu verlockt hätte. Der alte Mann sah wohl, daß der Jüngling ihm nun sein letztes Geheimnis preisgegeben und nichts mehr zu bekennen habe. Lächelnd nickte er ihm zu und sagte freundlich: »Nun, mit dieser Sünde müssen Sie selber fertigwerden. Sie sollen nach Indien fahren, lieber Junge!« Und alsbald ernst werdend, legte er ihm beide Hände aufs Haupt und segnete ihn feierlich mit den Worten des biblischen Segens.

Drei Wochen später reiste der junge Missionar, mit Kisten und Koffern wohl ausgerüstet, auf einem schönen Segelschiff als Passagier hinweg, sah sein Heimatland im grauen Meer versinken und lernte in der ersten Woche, noch ehe Spanien erreicht war, die Launen und Gefahren des Meeres kennen. In jenen Zeiten konnte ein Indienfahrer noch nicht so grün und unerprobt sein Ziel erreichen wie heute, wo man in Europa seinen bequemen Dampfer besteigt, sich auf dem

Suezkanal um Afrika drückt und nach kurzer Zeit, verwundert und träg vom vielen Schlafen und Essen, die indische Küste erblickt. Damals mußten die Segelschiffe sich um das ungeheure Afrika herum monatelang quälen, von Stürmen gefährdet und von toten langen Windstillen gelähmt, und es galt zu schwitzen und zu frieren, zu hungern und des Schlafes zu entbehren, und wer die Reise siegreich vollendet hatte, der war nun längst kein unerprobter Neuling mehr, sondern hatte gelernt, sich einigermaßen auf den Beinen zu halten. So ging es auch dem Missionar. Er war zwischen England und Indien hundertsechsundfünfzig Tage unterwegs und stieg in der Hafenstadt Bombay als ein gebräunter und gemagerter Seefahrer an Land.

Indessen hatte er seine Freude und Neugierde nicht verloren, obwohl sie stiller geworden war, und wie er schon auf der Reise jeden Strand mit Forschersinn betreten und jede fremde Palmeninsel mit ehrfürchtiger Neugierde betrachtet hatte, so betrat er das indische Land mit begierig offenen Augen und hielt seinen Einzug in der schönen leuchtenden Stadt mit ungebrochenem Mut.

Zunächst suchte und fand er das Haus, an das er empfohlen war; es lag in einer stillen vorstädtischen Gasse, von Kokospalmen überragt. Im Eintreten streifte sein Blick den kleinen Vorgarten und fand, obwohl jetzt eben Wichtigeres zu tun und zu betrachten war, gerade noch Zeit, einen dunkelbelaubten Strauch mit großen goldgelben Blüten zu bemerken, der von einer zierlichen Schar weißer Falter auf das fröhlichste umgaukelt wurde. Dies Bild noch im leicht geblendeten Auge, trat er über einige flache Stufen in den Schatten der breiten Veranda und durch die offenstehende Haustüre. Ein dienender Hindu in einem weißen Kleide mit nackten dunkelbraunen Beinen lief über den kühlen roten Ziegelboden herbei, machte eine ergebene Verbeugung und begann in singendem Tonfall hindostanische Worte zu näseln, merkte aber rasch, daß der Fremde ihn nicht verstehe, und führte ihn mit neuen weichen Verbeugungen und schlangenhaften Gebärden der Ergebenheit und Einladung tiefer ins Haus und vor eine Türöffnung, die statt der Tür mit einer lose herabhängenden Bastmatte verschlossen war. Zur gleichen Zeit ward diese

Matte von innen beiseite gezogen, und es erschien ein großer, hagerer, herrisch aussehender Mann in weißen Tropenkleidern und mit Strohsandalen an den nackten Füßen. Er richtete in einer unverständlichen indischen Sprache eine Reihe von Scheltworten an den Diener, der sich klein machte und der Wand entlang davonschlich, dann wandte er sich an Aghion und hieß ihn auf Englisch eintreten.

Der Missionar suchte zuerst seine unangemeldete Ankunft zu entschuldigen und den armen Diener zu rechtfertigen, der nichts verbrochen habe. Aber der andere winkte ungeduldig ab und sagte: »Mit den Schlingeln von Dienern werden Sie ja bald umzugehen lernen. Treten Sie ein! Ich erwarte Sie.«

»Sie sind wohl Mister Bradley?« fragte der Ankömmling höflich, während doch bei diesem ersten Schritt in die exotische Wirtschaft und beim Anblick des Ratgebers, Lehrers und Mitarbeiters eine Fremdheit und Kälte in ihm aufstieg.

»Ich bin Bradley, gewiß, und Sie sind ja wohl Aghion. Also, Aghion, kommen Sie nun endlich herein! Haben Sie schon Mittagbrot gehabt?«

Der große knochige Mann nahm alsbald mit aller kurz angebundenen, herrischen Praxis eines bewährten Überseers und Handelsagenten den Lebenslauf seines Gastes in seine braunen, dunkelbehaarten Hände. Er ließ ihm eine Reismahlzeit mit Hammelfleisch und brennendem Curry bringen, er wies ihm ein Zimmer an, zeigte ihm das Haus, nahm ihm seine Briefe und Aufträge ab, beantwortete seine ersten neugierigen Fragen und gab ihm die ersten notwendigen indischen Lebensregeln. Er setzte die vier braunen Hindudiener in Bewegung, befahl und schnauzte in seiner kalten Zornigkeit durch das schallende Haus, ließ auch einen indischen Schneidermeister kommen, der sofort ein Dutzend landesüblicher Kleidungen für Aghion machen mußte. Dankbar und etwas eingeschüchtert nahm der Neuling alles hin, obwohl es seinem Sinne mehr entsprochen hätte, seinen Einzug in Indien stiller und friedlicher zu begehen, sich erst einmal ein bißchen heimisch zu machen und sich in einem freundlichen Gespräch seiner ersten Eindrücke und seiner vielen starken Reiseerinnerungen zu entladen. Indessen lernt man auf einer halbjährigen Seereise sich bescheiden und sich in viele Lagen finden, und als gegen Abend Mister Bradley wegging, um seiner kaufmännischen Arbeit in der Stadt nachzugehen, atmete der evangelische Jüngling fröhlich auf und dachte nun allein in stillem Behagen seine Ankunft zu feiern und das Land Indien zu begrüßen.

Feierlich verließ er sein luftiges Zimmer, das weder Tür noch Fenster, sondern nur leere geräumige Öffnungen in allen Wänden hatte, und ging ins Freie, einen großrandigen Hut mit langem Sonnenschleier auf dem blonden Kopf und einen tüchtigen Stock in der Hand. Beim ersten Schritt in den Garten blickte er mit einem tiefen Atemzug ringsum und sog mit witterndem Sinnen die Lüfte und Düfte, Lichter und Farben des fremden, sagenhaften Landes, das er als ein bescheidener Mitarbeiter erobern helfen sollte und dem er sich willig hinzugeben gesonnen war.

Was er um sich sah und verspürte, gefiel ihm alles wohl und kam ihm wie eine tausendfältige strahlende Bestätigung vieler Träume und Ahnungen vor. Dichte hohe Gebüsche standen im heftigen Sonnenlicht und strotzten von großen, wunderlich starkfarbigen Blumen; auf säulenschlanken, glatten Stämmen ragten in erstaunlicher Höhe die stillen runden Wipfel der Kokospalmen, eine Fächerpalme stand hinter dem Hause und hielt ihr sonderbar strenges, gleichmäßiges Riesenrad von gewaltigen mannslangen Blättern steif in die Lüfte, am Rand des Weges aber nahm sein naturfreundliches Auge ein kleines lebendiges Wesen wahr, dem er sich vorsichtig näherte. Es war ein grünes Chamäleon mit einem dreieckigen Kopf und boshaften kleinen Augen. Er beugte sich darüber und fühlte sich wie ein Knabe beglückt.

Eine fremdartige Musik weckte ihn aus seiner andächtigen Versunkenheit. Aus der flüsternden Stille der tiefen grünen Baum- und Gartenwildnis brach der rhythmische Lärm metallener Trommeln und Pauken und schneidend helltöniger Blasinstrumente. Erstaunt lauschte der fromme Naturfreund hinüber und machte sich, da nichts zu sehen war, neugierig auf den Weg, die Art und Herkunft dieser barbarisch-festlichen Klänge auszukundschaften. Immer den Tönen folgend, verließ er den Garten, dessen Tor weit offen stand, und verfolgte den grasigen Fahrweg durch eine freundliche Landschaft von Hausgärten, Palmenpflanzungen und lachend hellgrünen Reisfeldern, bis er, um die hohe Ecke eines Gartens biegend, in eine dörflich anmutende Gasse von indischen Hütten gelangte. Die kleinen Häuschen waren aus Lehm oder auch nur aus Bambusgestänge erbaut, die Dächer mit trockenen Palmblättern gedeckt, in allen Türöffnungen standen und hockten braune Hindufamilien. Mit Neugierde sah er die Leute an und tat den ersten Blick in das dörfliche Leben des fremden Naturvolkes, und vom ersten Augenblick an gewann er die braunen Menschen lieb, deren schöne kindliche Augen wie in einer unbewußten und unerlösten Traurigkeit blickten. Schöne Frauen schauten aus mächtigen Flechten langen, tiefschwarzen Haares hervor, still und rehhaft; sie trugen mitten im Gesicht sowie an den Hand- und Fußgelenken silbernen Schmuck und Ringe an den Fußzehen. Kleine Kinder standen vollkommen nackt und trugen nichts am Leibe als an dünner Bastschnur ein seltsames Amulett aus Silber oder aus Horn.

Noch immer schallte die tolle Musik, nun

ganz in der Nähe, und an der Ecke der nächsten Gasse hatte er gefunden, was er suchte. Da stand ein unheimlich sonderbares Gebäude von äußerst phantastischer Form und beängstigender Höhe, ein ungeheures Tor in der Mitte, und indem er daran empor staunte, fand er die ganze riesengroße Fläche des Bauwerks aus lauter steinernen Figuren von fabelhaften Tieren, Menschen und Göttern oder Teufeln zusammengesetzt, die sich zu Hunderten bis an die ferne schmale Spitze des Tempels hinantürmten, ein Wald und wildes Geflecht von Leibern, Gliedern und Köpfen. Dieser erschreckende Steinkoloß, ein großer Hindutempel, leuchtete heftig in den waagrechten Strahlen der späten Abendsonne und erzählte dem verblüfften Fremdling deutlich, daß diese tierhaft sanften, halbnackten Menschen eben doch keineswegs ein paradiesisches Naturvolk waren, sondern seit einigen tausend Jahren schon Gedanken und Götter, Künste und Religionen besaßen.

Die schallende Paukenmusik war soeben verstummt, und es kamen aus dem Tempel viele fromme Inder in weißen und farbigen Gewändern, voran und vornehm abgetrennt eine kleine feierliche Schar von Brahmanen, hochmütig in tausendjährig erstarrter Gelehrsamkeit und Würde. Sie schritten an dem weißen Manne so stolz vorüber wie Edelleute an einem Handwerksburschen, und weder sie noch die bescheideneren Gestalten, die ihnen folgten, sahen so aus, als hätten sie die geringste Neigung, sich von einem zugereisten Fremdling über göttliche und menschliche Dinge des Rechten belehren zu lassen.

Als der Schwarm verlaufen und der Ort stiller geworden war, näherte sich Robert Aghion dem Tempel und begann in verlegener Teilnahme das Figurenwerk der Fassade zu studieren, ließ jedoch bald mit Betrübnis und Schrecken davon wieder ab; denn die groteske Allegoriensprache dieser Bildwerke verwirrte und ängstigte ihn nicht minder als der Anblick einiger Szenen von schamloser Obszönität, die er naiv mitten zwischen dem Göttergewimmel dargestellt fand.

Während er sich abwandte und nach einem Rückweg ausblickte, erloschen der Tempel und die Gassen plötzlich; ein kurzes zuckendes Farbenspiel lief über den Himmel, und rasch brach die Nacht herein. Das unheimlich schnelle Eindunkeln, obwohl er es längst kannte, überfiel den jungen Missionar mit einem leichten Schauder. Zugleich mit dem Anbruch der Dämmerung begann aus allen Bäumen und Gebüschen ringsum ein grelles Singen und Lärmen von Tausenden Insekten, und in der Ferne erhob sich das Wut- oder Klagegeschrei eines Tieres mit fremden wilden Tönen. Eilig suchte Aghion seinen Heimweg, fand ihn glücklich wieder und hatte die kleine Strecke Weges noch nicht völlig zurückgelegt, als schon das ganze Land in tiefer Nachtfinsternis und der hohe schwarze Himmel voll von Sternen stand.

Im Hause, wo er nachdenklich und zerstreut ankam und sich dem ersten erleuchteten Raume näherte, empfing ihn Mister Bradley mit den Worten: »So, da sind Sie. Sie sollten aber fürs erste so spät am Abend nicht mehr ausgehen, es ist nicht ohne Gefahr. Übrigens, können Sie gut mit dem Gewehr umgehen?«

»Mit dem Gewehr? Nein, das habe ich nicht gelernt.«

»Dann lernen Sie es bald . . . Wo waren Sie denn heut abend?«

Aghion erzählte voll Eifer. Er fragte begierig, welcherlei Religion jener Tempel angehöre und welcherlei Götter- oder Götzendienst darin getrieben werde, was die vielen Figuren bedeuteten und was die seltsame Musik, ob die schönen stolzen Männer in weißen Kleidern Priester seien und wie denn ihre Götter hießen. Allein hier erlebte er die erste Enttäuschung. Von allem, was er da fragte, wollte sein Ratgeber gar nichts wissen. Er erklärte, daß kein Mensch sich in dem scheußlichen Wirrwarr und Unflat dieser Götzendienste auskenne, daß die Brahmanen eine heillose Bande von Ausbeutern und Faulenzern seien und daß überhaupt diese Inder alle zusammen ein schweinisches Pack von Bettlern und Unholden wären, mit denen ein anständiger Engländer lieber gar nichts zu tun habe.

»Aber«, meinte Aghion zaghaft, »meine Bestimmung ist es doch gerade, diese verirrten Menschen auf den rechten Weg zu führen! Dazu muß ich sie kennen und lieben und alles von ihnen wissen . . .«

»Sie werden bald mehr von ihnen wissen, als Ihnen lieb sein wird. Natürlich müssen Sie Hindostani und später vielleicht noch andere von diesen infamen Niggersprachen lernen. Aber mit der Liebe werden Sie nicht weit kommen.«

»Oh, die Leute sehen aber doch recht gutartig aus!«

»Finden Sie? Nun, Sie werden ja sehen. Von dem, was Sie mit den Hindus vorhaben, verstehe ich nichts und will nicht darüber urteilen. Unsere Aufgabe ist es, diesem gottlosen Pack langsam ein wenig Kultur und einen schwachen Begriff von Anständigkeit beizubringen; weiter werden wir vielleicht niemals kommen!«

»Unsere Moral, oder was Sie Anständigkeit heißen, ist aber die Moral Christi, mein Herr!«

»Sie meinen die Liebe. Ja, sagen Sie nur einmal einem Hindu, daß Sie ihn lieben. Dann wird er Sie heute anbetteln und Ihnen morgen das Hemd aus dem Schlafzimmer stehlen!«

»Das ist möglich.«

»Das ist sogar ganz sicher, lieber Herr. Sie haben es hier gewissermaßen mit Unmündigen zu tun, die noch keine Ahnung von Ehrlichkeit und Recht haben, nicht mit gutartigen englischen Schulkindern, sondern mit einem Volk von schlauen braunen Lausbuben, denen jede Schändlichkeit einen Hauptspaß macht. Sie werden noch an mich denken!«

Aghion verzichtete traurig auf ein weiteres Fragen und nahm sich vor, nun einmal vor allem fleißig und gehorsam alles zu lernen, was hier zu lernen wäre. Doch ob nun der strenge Bradley recht hatte oder nicht, schon seit dem Anblick des ungeheuern Tempels und der unnahbar stolzen Brahmanen war ihm sein Vorhaben und Amt in diesem Lande unendlich viel schwieriger erschienen, als er je zuvor gedacht hätte.

Am nächsten Morgen wurden die Kisten ins Haus gebracht, in denen der Missionar sein Eigentum aus der Heimat mit sich geführt hatte. Sorglich packte er aus, legte Hemden zu Hemden und Bücher zu Büchern und fand sich durch manche Gegenstände nachdenklich gestimmt. Es fiel ihm ein kleiner Kupferstich in schwarzem Rahmen in die Hände, dessen Glas unterwegs zerbrochen war und der ein Bildnis des Herrn Defoe, des Verfassers von Robinson Crusoe, darstellte, und das alte, ihm von der frühen Kindheit an vertraute Gebetbuch seiner Mutter, alsdann aber als ermunternder Wegweiser in die Zukunft eine Landkarte von Indien, die ihm sein Oheim geschenkt, und zwei stählerne Netzbügel für den Schmetterlingsfang, die er sich selber noch in London hatte machen lassen. Einen von diesen legte er sogleich zum Gebrauch in den nächsten Tagen beiseite.

Am Abend war seine Habe verteilt und verstaut, der kleine Kupferstich hing über seinem Bett, und das ganze Zimmer war in saubere Ordnung gebracht. Die Beine seines Tisches und seiner Bettstatt hatte er, wie es ihm empfohlen worden war, in kleine irdene Näpfe gestellt und die Näpfe mit Wasser gefüllt, zum Schutz gegen die Ameisen. Mister Bradley war den ganzen Tag in Geschäften abwesend, und es war dem jungen Manne sonderbar, vom ehrfürchtigen Diener durch Zeichen zu den Mahlzeiten gelockt und dabei bedient zu werden, ohne daß er ein einziges Wort mit ihm reden konnte.

In der Frühe des folgenden Tages begann Aghions Arbeit. Es erschien und wurde ihm von Bradley vorgestellt der schöne dunkeläugige Jüngling Vyardenya, der sein Lehrmeister in der Hindostani-Sprache werden sollte.

Der lächelnde junge Inder sprach nicht übel Englisch und hatte die besten Manieren; nur schreckte er ängstlich zurück, als der arglose Engländer ihm freundlich die Hand zur Begrüßung entgegenstreckte, und vermied auch künftighin jede körperliche Berührung mit dem Weißen, die ihn verunreinigt haben würde, da er einer hohen Kaste angehörte. Er wollte sich auch niemals auf einen Stuhl setzen, den vor ihm ein Fremder benutzt hatte, sondern brachte jeden Tag zusammengerollt unterm Arm seine eigene hübsche Bastmatte mit, die er auf dem Ziegelboden ausbreitete und auf welcher er mit gekreuzten Beinen edel und aufrecht saß. Sein Schüler, mit dessen Eifer er zufrieden sein konnte, suchte auch diese Kunst von ihm zu lernen und kauerte während seiner Lektionen stets auf einer ähnlichen Matte am Boden, obwohl ihm dabei in der ersten Zeit alle Glieder weh taten, bis er daran gewöhnt wurde. Fleißig und geduldig lernte er Wort für Wort, mit den alltäglichen Begrüßungsformeln beginnend, die ihm der Jüngling unermüdet und lächelnd vorsprach, und stürzte sich jeden Tag mit neuem Mut in den Kampf mit den indischen Girr- und Gaumenlauten, die ihm zu Anfang als ein unartikuliertes Röcheln erschienen waren und die er nun alle zu unterscheiden und nachzuahmen lernte.

So merkwürdig das Hindostani war und so rasch die Vormittagsstunden mit dem höflichen Sprachlehrer vergingen, so waren doch die Nachmittage und gar die Abende lang genug, um den strebsamen Herrn Aghion die Einsamkeit fühlen zu lassen, in der er lebte. Sein Wirt, zu dem er in einem unklaren Verhältnisse stand und der ihm halb als Gönner, halb als eine Art Vorgesetzter entgegentrat, war wenig zu Hause; er kam meistens gegen Mittag zu Fuß oder zu Pferde aus der Stadt zurück, präsidierte als Hausherr beim Essen, zu dem er manchmal einen englischen Schreiber mitbrachte, und legte sich dann zwei, drei Stunden zum Rauchen und Schlafen auf die Veranda, um gegen Abend nochmals für einige Stunden in sein Kontor oder Magazin zu gehen. Zuweilen mußte er für mehrere Tage verreisen, um Produkte einzukaufen, und sein neuer Hausgenosse hatte wenig dagegen, da er mit dem besten Willen sich dem rauhen und wortkargen Geschäftsmann nicht befreunden konnte. Auch gab es manches in der Lebensführung Mister Bradleys, was dem Missionar nicht gefallen konnte. Unter anderem kam es zuweilen vor, daß Bradley am Feierabend mit jenem Schreiber zusammen bis zur Trunkenheit eine Mischung von Wasser, Rum und Limonadensaft genoß; dazu hatte er in der ersten Zeit den jungen Geistlichen mehrmals eingeladen, aber stets von ihm eine sanfte Absage erhalten.

Bei diesen Umständen war Aghions tägliches Leben nicht gerade kurzweilig. Er hatte versucht, seine ersten schwachen Sprachkenntnisse anzuwenden, indem er an den langen öden Nachmittagen, wo das hölzerne Haus ringsum von der stechenden Hitze belagert lag, sich zur Dienerschaft in die Küche begab und sich mit den Leuten zu unterhalten suchte. Der mohammedanische Koch zwar gab ihm keine Antwort und war so hochmütig, daß er ihn gar nicht zu sehen schien, der Wasserträger aber und der Hausjunge, die beide stundenlang müßig auf ihren Matten hockten und Betel kauten, hatten nichts dagegen, sich an den angestrengten Sprechversuchen des Masters zu belustigen.

Eines Tages erschien aber Bradley in der Küchentür, als gerade die beiden Schlingel sich über einige Irrtümer und Wortverwechslungen des Missionars vor Vergnügen auf die mageren Schenkel klatschten. Bradley sah der Lustbarkeit mit verbissenen Lippen zu, gab blitzschnell dem Boy eine Ohrfeige, dem Wasserträger einen Fußtritt und zog den erschrockenen Aghion stumm mit sich davon. In seinem Zimmer sagte er dann ärgerlich: »Wie oft muß ich Ihnen noch sagen, daß Sie sich nicht mit den Leuten einlassen sollen! Sie verderben mir die Burschen, selbstverständlich in der besten Absicht, und ohnehin geht es nicht an, daß ein Engländer sich vor diesen braunen Schelmen zum Hanswurst macht!«

Er war wieder davongegangen, noch ehe der beleidigte Aghion sich rechtfertigen konnte.

Unter Menschen kam der vereinsamte Missionar nur am Sonntag, wo er regelmäßig zur Kirche ging, auch selbst einmal für den wenig arbeitsamen englischen Pfarrer die Predigt übernahm. Aber er, der daheim vor den Bauern und Wollwebern seiner Gegend mit Liebe gepredigt hatte, fand sich hier, vor einer kühlen Gemeinde von reichen Geschäftsleuten, müden, kränklichen Damen und lebenslustigen jungen Angestellten, fremd und ernüchtert.

Wenn er nun über dem Betrachten seiner Lage zuweilen recht betrübt wurde und sich erbarmenswert vorkam, so gab es einen Trost für sein Gemüt, der niemals versagte. Dann rüstete er sich zu einem Ausflug, hängte die Botanisierbüchse um und nahm das Netz zur Hand, das er mit einem langen schlanken Bambusstab versehen hatte. Gerade das, worüber die meisten anderen Engländer sich bitter zu beklagen pflegten, die glühende Sonnenhitze und das ganze indische Klima, war ihm lieb und schien ihm herrlich; denn er hielt sich an Leib und Seele frisch und ließ keine Erschlaffung aufkommen. Für seine Naturstudien und Liebhabereien vollends war dieses Land eine unermeßliche Weide, auf Schritt und Tritt hielten unbekannte Bäume, Blumen, Vögel, Insekten ihn auf, die er mit der Zeit alle namentlich kennenzulernen beschloß. Seltsame Eidechsen und Skorpione, riesengroße dicke Tausendfüßler und anderes Koboldzeug erschreckte ihn selten mehr, und seit er eine dicke Schlange in der Badekammer mutig mit dem hölzernen Eimer erschlagen hatte, fühlte er seine Bangnis vor unheimlicher Tiergefahr immer mehr dahinschwinden.

Als er zum erstenmal mit seinem Netz nach einem großen prächtigen Schmetterling schlug, als er ihn gefangen sah und mit vorsichtigen Fingern das stolze strahlende Tier an sich nahm, dessen breite Flügel alabastern glänzten und mit dem duftigsten Farbenflaum behaucht waren, da schlug ihm das Herz in einer unbändigen Freude, wie er sie nicht mehr empfunden hatte, seit er als Knabe seinen ersten Schwalbenschwanz erbeutet hatte. Fröhlich gewöhnte er sich an die Unbequemlichkeiten des Dschungels und verzagte nicht, wenn er im Urwald tief in versteckte Schlammgruben einbrach, von heulenden Affenherden verhöhnt und von wütenden Ameisenvölkern überfallen wurde. Nur einmal lag er zitternd und betend hinter einem ungeheuren Gummibaum auf den Knien, während in der Nähe wie ein Gewitter und Erdbeben ein Trupp von Elefanten durchs dichte Gehölz brach. Er gewöhnte sich daran, in seinem luftigen Schlafzimmer frühmorgens vom rasenden Affengebrüll aus dem nahen Walde geweckt zu werden und bei Nacht das heulende Schreien der Schakale zu hören. Seine Augen glänzten hell und wachsam aus dem gemagerten, braun und männlich gewordenen Gesicht.

Auch in der Stadt und noch lieber in den friedlichen gartenartigen Außendörfern sah er sich immer besser um, und die Hinduleute gefielen ihm desto mehr, je mehr er von ihnen sah. Störend und äußerst peinlich war ihm nur die Sitte der unteren Stände, ihre Frauen mit nacktem Oberkörper laufen zu lassen. Nackte Frauenhälse und -arme und Frauenbrüste auf der Gasse zu sehen, daran konnte der Missionar sich schwer gewöhnen, obgleich es häufig sehr hübsch aussah.

Nächst dieser Anstößigkeit machte nichts ihm so viel zu schaffen und zu denken wie die Rätsel, die ihm das geistige Leben dieser Menschen entgegenhielt. Wohin er blicken mochte, überall war Religion. In London konnte man gewiß am höchsten kirchlichen Feiertag nicht so viel Frömmigkeit wahrnehmen wie hier an jedem Werktag und in jeder

Gasse; überall waren Tempel und Bilder, war Gebet und Opfer, waren Umzüge und Zeremonien, Büßer und Priester zu sehen. Aber wer wollte sich jemals in diesem wirren Knäuel von Religionen zurechtfinden? Da waren Brahmanen und Mohammedaner, Feueranbeter und Buddhisten, Diener des Schiwa und des Krischna, Turbanträger und Gläubige mit glattrasierten Köpfen, Schlangenanbeter und Diener heiliger Schildkröten. Wo war der Gott, dem alle diese Verirrten dienten? Wie sah er aus, und welcher Kultus von den vielen war der ältere, heiligere, reinere? Das wußte niemand, und namentlich den Indern selber war dies vollkommen einerlei; wer von dem Glauben seiner Väter nicht befriedigt war, der ging zu einem andern über oder zog als Büßer dahin, um eine neue Religion zu finden oder gar zu schaffen. Göttern und Geistern, deren Namen niemand wußte, wurden Speisen in kleinen Schalen geopfert, und alle diese hundert Gottesdienste, Tempel und Priesterschaften lebten vergnügt nebeneinander hin, ohne daß es den Anhängern des einen Glaubens einfiel, die anderen zu hassen oder totzuschlagen, wie es daheim in den Christenländern Sitte war. Vieles sogar sah sich hübsch und lieblich an, Flötenmusik und zarte Blumenopfer, und auf vielen frommen Gesichtern wohnte ein Friede und heiter stiller Glanz, den man in den Gesichtern der Engländer vergeblich suchte. Schön und heilig schien ihm auch das von den Hindus streng gehaltene Gebot, kein Tier zu töten, und er schämte sich zuweilen und suchte Rechtfertigung vor sich selbst, wenn er ohne Erbarmen einige schöne Schmetterlinge und Käfer umgebracht und auf Nadeln gespießt hatte. Andererseits waren unter diesen selben Völkern, denen jeder Wurm als Geschöpf Gottes heilig galt und die sich innig in Gebeten und Tempeldienst hingaben, Diebstahl und Lüge, falsches Zeugnis und Vertrauensbruch ganz alltägliche Dinge, über die keine Seele sich empörte oder nur wunderte. Je mehr es der wohlmeinende Glaubensbote bedachte, desto mehr schien ihm dieses Volk zum undurchdringlichen Rätsel zu werden, das jeder Logik und Theorie hohnsprach. Der Diener, mit dem er trotz Bradleys Verbot bald wieder Gespräche pflog und der soeben ein Herz und eine Seele mit ihm zu sein schien, stahl ihm eine Stunde später ein baumwollenes Hemd, und als er ihn mit liebreichem Ernst zur Rede stellte, leugnete er zuerst unter Schwüren, gab dann lächelnd alles zu, zeigte das Hemd her und sagte zutraulich, es habe ja schon ein kleines Loch, und so habe er gedacht, der Master werde es gewiß nimmer tragen mögen.

Ein anderes Mal setzte ihn der Wasserträger in Erstaunen. Dieser Mann erhielt seinen Lohn und sein Essen dafür, daß er täglich die Küche und die Badekammer aus der nächsten Zisterne her mit Wasser versorgte. Er tat diese Arbeit stets am frühen Morgen und am Abend, den ganzen übrigen Tag saß er in der Küche oder in der Dienerhütte und kaute entweder Betel oder ein Stückchen Zuckerrohr. Einmal, da der andere Diener ausgegangen war, gab ihm Aghion ein Beinkleid zum Ausbürsten, das von einem Spaziergang her voll von Grassamen hing. Der Mann lachte nur und streckte die Hände auf den Rücken, und als der Missionar unwillig wurde und ihm streng befahl, sofort die kleine Arbeit zu tun, folgte er zwar endlich, tat die Verrichtung aber unter Murren und Tränen, setzte sich dann trostlos in die Küche und schalt und tobte eine Stunde lang wie ein Verzweifelter. Mit unendlicher Mühe und nach Überwindung vieler Mißverständnisse brachte Aghion an den Tag, daß er den Menschen schwer beleidigt habe durch den Befehl zu einer Arbeit, die nicht zu seinem Amte gehörte.

Alle diese kleinen Erfahrungen traten, sich allmählich verdichtend, wie zu einer Glaswand zusammen, die den Missionar von seiner Umgebung abtrennte und in eine immer peinlichere Einsamkeit verwies. Desto heftiger, ja mit einer gewissen verzweifelten Gier lag er seinen Sprachstudien ob, in denen er gute Fortschritte machte und die ihm, wie er sehnlichst hoffte, dies fremde Volk doch noch erschließen sollten. Immer häufiger konnte er es nun wagen, Eingeborene auf der Straße anzureden, er ging ohne Dolmetscher zum Schneider, zum Krämer, zum Schuhmacher. Manchmal gelang es ihm, mit einfachen Leuten ins Geplauder zu kommen, etwa indem er einem Handwerker sein Werk, einer Mutter ihren Säugling freundlich betrachtete und lobte, und aus Worten und Blicken dieser Heidenmenschen, namentlich aber aus ihrem guten, kindlichen, seligen Lachen, sprach ihn oft die Seele des fremden Volkes so klar und brüderlich an, daß für Augenblicke alle Schranken fielen und das Gefühl der Fremdheit sich verlor.

Schließlich meinte er entdeckt zu haben, daß Kinder und einfache Leute vom Lande ihm fast immer zugänglich seien, ja, daß alle Schwierigkeiten, alles Mißtrauen und alle Verderbnis der Städter nur von der Berührung mit den europäischen Schiffs- und Handelsleuten herkomme. Von da an wagte er sich, häufig zu Pferde, auf Ausflügen immer weiter ins Land hinein. Er trug Kupfermünzen und manchmal auch Zuckerstücke für die Kinder in der Tasche, und wenn er weit drinnen im hügeligen Lande vor einer bäuerlichen Lehmhütte sein Pferd an eine Palme band und, unter das Schilfdach tretend, grüßte und um einen Trunk Wasser oder Kokosmilch bat, so ergab sich fast jedesmal eine harmlos freundliche Bekanntschaft und ein Geplauder, bei dem Männer, Weiber und Kinder über seine noch mangelhafte Kenntnis der Sprache oft im fröhlichsten Erstaunen hellauf lachten, was er gar nicht ungerne sah.

Noch machte er keinerlei Versuche, den Leuten bei solchen Anlässen vom lieben Gott zu erzählen. Es schien ihm das nicht nur nicht eilig, sondern auch überaus heikel und fast unmöglich zu sein, da er für alle die geläufigen Ausdrücke des biblischen Glaubens durchaus keine indischen Worte finden konnte. Außerdem fühlte er kein Recht, sich zum Lehrer dieser Leute aufzuwerfen und sie zu wichtigen Änderungen in ihrem Leben aufzufordern, ehe er dieses Leben genau kannte und fähig war, mit den Hindus einigermaßen auf gleichem Fuße zu leben und zu reden.

Dadurch dehnten seine Studien sich weiter aus. Er suchte Leben, Arbeit und Erwerb der Eingeborenen kennenzulernen, er ließ sich Bäume und Früchte zeigen und benennen, Haustiere und Geräte, er erforschte nach und nach die Geheimnisse des nassen und des trockenen Reisbaues, der Gewinnung des Bastes und der Baumwolle, er betrachtete Hausbau und Töpferei, Strohflechten und Webearbeiten, worin er von der Heimat her Bescheid wußte. Er sah dem Pflügen schlammiger Reisfelder mit rosenroten fetten Wasserbüffeln zu, er lernte die Arbeit des gezähmten Elefanten kennen und sah zahme Affen für ihre Herren die Kokosnüsse von den Bäumen holen.

Auf einem seiner Ausflüge, in einem friedvollen Tal zwischen hohen grünen Hügeln, überraschte ihn einst ein wilder Gewitterregen, vor welchem er in der nächsten Hütte, die er erreichen konnte, einen Unterstand suchte. Er fand in dem engen Raum zwischen lehmbekleideten Bambuswänden eine kleine Familie versammelt, die den hereintretenden Fremdling mit scheuem Erstaunen begrüßte. Die Hausmutter hatte ihr graues Haar mit Henna feurigrot gefärbt und zeigte, da sie zum Empfang aufs freundlichste lächelte, einen Mund voll ebenso roter Zähne, die ihre Leidenschaft für das Betelkauen verrieten. Ihr Mann war ein großer, ernst blickender Mensch mit langen, noch dunklen Haaren. Er erhob sich vom Boden und nahm eine königlich aufrechte Haltung an, tauschte Begrüßungsworte mit dem Gast und bot ihm alsbald eine frisch geöffnete Kokosnuß an, von deren süßlichem Safte der Engländer einen Schluck genoß. Ein kleiner Knabe, der bei seinem Eintritt still in die Ecke hinter der steinernen Feuerstelle geflohen war, blitzte von dort unter einem Wald von glänzend schwarzen Haaren hervor mit ängstlich neugierigen Augen; auf seiner dunkeln Brust schimmerte ein messingenes Amulett, das seinen einzigen Schmuck und seine einzige Kleidung bildete. Einige große Bananenbündel schwebten über der Türe zur Nachreife aufgehängt; in der ganzen Hütte, die all ihr Licht nur durch die offene Tür erhielt, war keine Armut, wohl aber die äußerste Einfachheit und eine hübsche, reinliche Ordnung zu bemerken.

Ein leises, aus allerfernsten Kindererinnerungen emporduftendes Heimatgefühl, das den Reisenden so leicht beim Anblick zufriedener Häuslichkeit übernimmt, ein leises Heimatgefühl, das er in dem Bungalow des Herrn Bradley niemals gespürt hatte, kam über den Missionar, und es schien ihm beinahe so, als sei seine Einkehr hier nicht nur die eines vom Regen überfallenen Wanderers, sondern als wehe ihm, der sich in trüben Lebenswirrsalen verlaufen, endlich einmal wieder Sinn und Frohmut eines richtigen, natürlichen, in sich begnügten Lebens entgegen. Auf dem dichten Schilfblätterdach der Hütte rauschte und trommelte leidenschaftlich der wilde Regen und hing vor der Tür dick und blank wie eine Glaswand.

Die Alten unterhielten sich mit ihrem ungewöhnlichen Gaste, und als sie am Ende mit Höflichkeit die natürliche Frage stellten, was denn seine Ziele und Absichten in diesem Lande seien, kam er in Verlegenheit und begann von anderem zu reden. Wieder, wie schon oft, wollte es dem bescheidenen Aghion als eine ungeheuerliche Frechheit und Überhebung erscheinen, daß er als Abgesandter eines fernen Volkes hierhergekommen sei mit der Absicht, diesen Menschen ihren Gott und Glauben zu nehmen und einen anderen dafür aufzunötigen. Immer hatte er gedacht, diese Scheu würde sich verlieren, sobald er nur die Hindusprache besser beherrsche; aber heute ward ihm unzweifelhaft klar, daß dies eine Täuschung gewesen war und daß er, je besser er das braune Volk verstand, desto weniger Recht und Lust in sich verspürte, herrisch in das Leben dieses Volkes einzugreifen.

Der Regen ließ nach, und das mit der fetten

roten Erde durchsetzte Wasser in der hügeligen Gasse lief davon, Sonnenstrahlen drangen zwischen den naß glänzenden Palmenstämmen hervor und spiegelten sich grell und blendend in den blanken Riesenblättern der Pisangbäume. Der Missionar bedankte sich bei seinen Wirten und machte Miene sich zu verabschieden, da fiel ein Schatten auf den Boden, und der kleine Raum verfinsterte sich. Schnell wandte er sich um und sah durch die Tür eine Gestalt lautlos auf nackten Sohlen hereintreten, eine junge Frau oder ein Mädchen, die bei seinem unerwarteten Anblick erschrak und zu dem Knaben hinter die Feuerstatt floh.

»Sag dem Herrn guten Tag!« rief ihr der Vater zu, und sie trat schüchtern zwei Schritte vor, kreuzte die Hände vor der Brust und verneigte sich mehrmals. In ihrem dicken tiefschwarzen Haar schimmerten Regentropfen; der Engländer legte freundlich und befangen seine Hand darauf und sprach einen Gruß, und während er das weiche geschmeidige Haar lebendig in seinen Fingern fühlte, hob sie das Gesicht zu ihm auf und lächelte freundlich aus wunderschönen Augen. Um den Hals trug sie eine Korallenkette und am einen Fußgelenk einen schweren goldenen Ring, sonst nichts als das dicht unter den Brüsten gegürtete rotbraune Untergewand. So stand sie in ihrer Schönheit vor dem erstaunten Fremden; die Sonnenstrahlen spiegelten sich matt in ihrem Haar und auf ihren braunen blanken Schultern, blitzend funkelten die Zähne aus dem jungen Munde. Robert Aghion sah sie mit Entzücken an und suchte tief in ihre stillen sanften Augen zu blicken, wurde aber schnell verlegen; der feuchte Duft ihrer Haare und der Anblick ihrer nackten Schultern und Brüste verwirrte ihn, so daß er bald von ihrem unschuldigen Blick die Augen niederschlug. Er griff in die Tasche und holte eine kleine stählerne Schere hervor, mit der er sich Nägel und Bart zu schneiden pflegte und die ihm auch beim Pflanzensammeln diente; die schenkte er dem schönen Mädchen und wußte wohl, daß dies eine recht kostbare Gabe sei. Sie nahm das Ding denn auch befangen und in beglücktem Erstaunen an sich, während die Eltern sich in Dankesworten erschöpften, und als er nun Abschied nahm und ging, da folgte sie ihm bis unter das

Vordach der Hütte, ergriff seine linke Hand und küßte sie. Die laue, zärtliche Berührung dieser blumenhaften Lippen rann dem Manne ins Blut, am liebsten hätte er sie auf den Mund geküßt. Statt dessen nahm er ihre beiden Hände in seine Rechte, sah ihr in die Augen und sagte: »Wie alt bist du?«

»Das weiß ich nicht«, gab sie zur Antwort.

»Und wie heißt du denn?«

»Naissa.«

»Leb wohl, Naissa, und vergiß mich nicht!«

»Naissa vergißt den Herrn nicht.«

Er ging von dannen und suchte den Heimweg, tief in Gedanken, und als er spät in der Dunkelheit ankam und in seine Kammer trat, bemerkte er erst jetzt, daß er heute keinen einzigen Schmetterling oder Käfer, nicht Blatt noch Blume von seinem Ausflug mitgebracht hatte. Seine Wohnung aber, das öde Junggesellenhaus mit den herumlungernden Dienern und dem kühlen mürrischen Herrn Bradley, war ihm noch nie so unheimlich und trostlos erschienen wie in dieser Abendstunde, da er bei seiner kleinen Öllampe am wackligen Tischlein saß und in der Bibel zu lesen versuchte.

In dieser Nacht, als er nach langer Gedankenunruhe und trotz der singenden Moskitos endlich den Schlaf gefunden hatte, wurde der Missionar von sonderbaren Träumen heimgesucht.

Er wandelte in einem dämmernden Palmenhain, wo gelbe Sonnenflecken auf dem rotbraunen Boden spielten. Papageien riefen aus der Höhe, Affen turnten tollkühn an den unendlich hohen Baumsäulen, kleine edelsteinblitzende Vögel leuchteten kostbar auf, Insekten jeder Art gaben durch Töne, Farben oder Bewegungen ihre Lebensfreude kund. Der Missionar spazierte dankbar und beglückt inmitten dieser Pracht; er rief einen seiltanzenden Affen an, und siehe, das flinke Tier kletterte gehorsam zur Erde und stellte sich wie ein Diener mit Gebärden der Ergebenheit vor Aghion auf. Dieser sah ein, daß er in diesem seligen Bezirk der Kreatur zu gebieten habe, und alsbald berief er die Vögel und Schmetterlinge um sich, und sie kamen in großen glänzenden Scharen, er winkte und taktierte mit den Händen, nickte mit dem Kopf, befahl mit Blicken und Zungenschnalzen, und gefügig ordneten sich alle die herrlichen Tiere in der goldenen Luft zu schönen schwebenden Reigen und Festzügen, pfiffen und summten, zirpten und rollten in feinen Chören, suchten und flohen, verfolgten und haschten einander, beschrieben feierliche Kreise und schalkhafte Spiralen in der Luft. Es war ein glänzendes herrliches Ballett und Konzert und ein wiedergefundenes Paradies, und der Träumer verweilte in dieser harmonischen Zauberwelt, die ihm gehorchte und zu eigen war, mit einer beinahe schmerzlichen Lust; denn in all dem Glück war doch schon ein leises Ahnen oder Wissen enthalten, ein Vorgeschmack von Unverdientheit und Vergänglichkeit, wie ihn ein frommer Missionar ohnehin bei jeder Sinnenlust auf der Zunge haben muß.

Dieser ängstliche Vorgeschmack trog dann auch nicht. Noch schwelgte der entzückte Naturfreund im Anblick einer Affenquadrille und liebkoste einen ungeheuren blauen Sammetfalter, der sich vertraulich auf seine linke Hand gesetzt hatte und sich wie ein Täubchen streicheln ließ, aber schon begannen Schatten der Angst und Auflösung in dem Zauberhain zu flattern und das Gemüt des Träumers zu umhüllen. Einzelne Vögel schrien plötzlich grell und angstvoll auf, unruhige Windstöße erbrausten in den hohen Wipfeln, das frohe warme Sonnenlicht wurde fahl und siech, die Vögel huschten nach allen Seiten davon, und die schönen großen Falter ließen sich in wehrlosem Schrecken vom Winde davonführen. Regentropfen klatschten erregt auf den Baumkronen, ein ferner leiser Donner rollte langsam austönend über das Himmelsgewölbe.

Da betrat Mister Bradley den Wald. Der letzte bunte Vogel war entflogen. Hühnenhaft groß von Gestalt und finster wie der Geist eines erschlagenen Königs kam Bradley heran, spuckte verächtlich vor dem Missionar aus und begann ihm in verletzenden, höhnischen, feindseligen Worten vorzuwerfen, er sei ein Gauner und Tagedieb, der sich von seinem Londoner Patron für die Bekehrung der Heiden anstellen und bezahlen lasse, statt dessen aber nichts tue als müßig gehen, Käfer fangen und spazierenlaufen. Und Aghion mußte in Zerknirschung eingestehen, jener habe recht und er sei all dieser Versäumnisse schuldig.

Es erschien nun jener mächtige reiche Patron aus England, Aghions Brotgeber, sowie mehrere englische Geistliche, und diese zusammen mit Bradley trieben und hetzten den Missionar vor sich her durch Busch und Dorn, bis sie auf eine volkreiche Straße und in jene Vorstadt von Bombay kamen, wo der turmhohe groteske Hindutempel stand. Hier flutete eine bunte Menschenmenge aus und ein, nackte Kulis und weißgekleidete stolze Brahmanen, dem Tempel gegenüber aber war eine christliche Kirche errichtet, und über ihrem Portal war Gottvater in Stein gebildet, in Wolken schwebend mit ernstem Vaterauge und fließendem Bart.

Der bedrängte Missionar schwang sich auf die Stufen des Gotteshauses, winkte mit den Armen und begann den Hinduleuten zu predigen. Mit lauter Stimme forderte er sie auf, herzuschauen und zu vergleichen, wie anders der wahre Gott beschaffen sei als ihre armen Fratzengötter mit den vielen Armen und Rüsseln. Mit ausgestrecktem Finger wies er auf das verschlungene Figurenwerk der indischen Tempelfassade, und dann wies er einladend auf das Gottesbild seiner Kirche. Aber wie sehr erschrak er da, als er seiner eigenen Gebärde folgend emporblickte; denn Gottvater hatte sich verändert, er hatte drei Köpfe und sechs Arme bekommen und hatte statt des etwas blöden und machtlosen Ernstes ein überlegen vergnügtes Lächeln in den Gesichtern, genau wie es die indischen Götterbilder nicht selten zeigten. Verzagend sah sich der Prediger nach Bradley, nach dem Patron und der Geistlichkeit um; sie waren aber alle verschwunden, er stand allein und kraftlos auf den Stufen der Kirche, und nun verließ ihn auch Gottvater selbst, denn er winkte mit seinen sechs Armen zu dem Tempel hinüber und lächelte den Hindugöttern mit göttlicher Heiterkeit zu.

Vollständig verlassen, geschändet und verloren stand Aghion auf seiner Kirchentreppe. Er schloß die Augen und blieb aufrecht stehen, jede Hoffnung war in seiner Seele erloschen, und er wartete mit verzweifelter Ruhe darauf, von den Heiden gesteinigt zu werden. Statt dessen aber fühlte er sich, nach einer furchtbaren Pause, von einer starken, doch sanften Hand beiseite geschoben, und als er die Augen aufriß, sah er den steinernen Gottvater groß und ehrwürdig die Stufen herabschreiten, während gegenüber die Götterfiguren des Tempels in ganzen Scharen von ihren Schauplätzen herabstiegen. Sie alle wurden von Gottvater begrüßt, der sodann in den Hindutempel eintrat und mit freundlicher Gebärde die Huldigung der weißgekleideten Brahmanen entgegennahm. Die Heidengötter aber mit ihren Rüsseln, Ringellocken und Schlitzaugen besuchten einmütig die Kirche, fanden alles gut und hübsch und zogen viele Beter nach sich, und so entstand ein Umzug der Götter und Menschen zwischen Kirche und Tempel; Gong und Orgel tönten geschwisterlich ineinander, und stille dunkle Inder brachten auf nüchternen englisch-christlichen Altären Lotosblumen dar.

Mitten im festlichen Gedränge aber schritt mit den glatten, glänzend schwarzen Haaren und den großen kindlichen Augen die schöne Naissa. Sie kam zwischen vielen anderen Gläubigen vom Tempel herübergegangen, stieg die Stufen zur Kirche empor und blieb vor dem Missionare stehen. Sie sah ihm ernst und lieblich in die Augen, nickte ihm zu und bot ihm eine Lotosblüte hin. Er aber, in überwallendem Entzücken, beugt sich über ihr klares stilles Gesicht herab, küßt sie auf die Lippen und schließt sie in seine Arme.

Noch ehe er hatte sehen können, was Naissa dazu sagte, erwachte Aghion aus seinem Traume und fand sich müde und erschrocken in tiefer Dunkelheit auf seinem Lager hingestreckt. Eine schmerzliche Verwirrung aller Gefühle und Triebe quälte ihn bis zur Verzweiflung. Der Traum hatte ihm sein eigenes Selbst unverhüllt gezeigt, seine Schwäche und Verzagtheit, den Unglauben an seinen Beruf, seine Verliebtheit in die braune Heidin, seinen unchristlichen Haß gegen Bradley, sein schlechtes Gewissen dem englischen Brotgeber gegenüber.

Eine Weile lag er traurig und bis zu Tränen erregt im Dunkeln. Er versuchte zu beten und vermochte es nicht, er versuchte sich die Naissa als Teufelin vorzustellen und seine Neigung als verworfen zu erkennen und konnte auch das nicht. Am Ende erhob er sich, einer halbbewußten Regung folgend und noch von den Schatten und Schauern des Traumes umgeben; er verließ sein Zimmer und suchte Bradleys Stube auf, ebensosehr im triebhaften Bedürfnis nach Menschenanblick und Trost wie in der frommen Absicht, sich seine Abneigung gegen diesen Mann zu schämen und durch Offenheit ihn zum Freunde zu machen.

Leise schlich er auf dünnen Bastsohlen die dunkle Veranda entlang bis zum Schlafzimmer Bradleys, dessen leichte Tür aus Bambusgestäbe nur bis zur halben Höhe der Türöffnung reichte und den hohen Raum schwach erleuchtet zeigte; denn jener pflegte, gleich vielen Europäern in Indien, die ganze Nacht hindurch ein kleines Öllicht zu brennen. Behutsam drückte Aghion die dünnen Türflügel nach innen und ging hinein.

Der kleine Öldocht schwelte in einem irdenen Schüsselchen am Boden des Gemachs und warf schwache ungeheure Schatten an den kahlen Wänden aufwärts. Ein brauner Nachtfalter umsurrte das Licht in kleinen Kreisen. Um die umfangreiche Bettstatt her war der große Moskitoschleier sorgfältig zusammengezogen. Der Missionar nahm die Lichtschale in die Hand, trat ans Bett und öffnete den Schleier eine Spanne weit. Eben wollte er des Schläfers Namen rufen, da sah er mit heftigem

Erschrecken, daß Bradley nicht allein sei. Er lag, vom dünnen, seidenen Nachtkleide bedeckt, auf dem Rücken, und sein Gesicht mit dem emporgereckten Kinn sah um nichts zarter oder freundlicher aus als am Tage. Neben ihm aber lag nackt eine zweite Gestalt, eine Frau mit langen schwarzen Haaren. Sie lag auf der Seite und wendete dem Missionar das schlafende Gesicht zu, und er erkannte sie: es war das starke große Mädchen, das jede Woche die Wäsche abzuholen pflegte.

Ohne den Vorhang wieder zu schließen, floh Aghion hinaus und in sein Zimmer zurück. Er versuchte wieder zu schlafen, doch gelang es ihm nicht; das Erlebnis des Tages, der seltsame Traum und endlich der Anblick der nackten Schläferin hatten ihn gewaltig erregt. Zugleich war seine Abneigung gegen Bradley viel stärker geworden, ja er scheute sich vor dem Augenblick des Wiedersehens und der Begrüßung beim Frühstück. Am meisten aber quälte und bedrückte ihn die Frage, ob es nun seine Pflicht sei, dem Hausgenossen wegen seiner Lebensführung Vorwürfe zu machen und seine Besserung zu versuchen. Aghions ganze Natur war dagegen, aber sein Amt schien es von ihm zu fordern, daß er seine Feigheit überwinde und dem Sünder unerschrocken ins Gewissen rede. Er zündete seine Lampe an und las, vor den singenden Mücken umschwärmt und gepeinigt, stundenlang im Neuen Testament, ohne doch Sicherheit und Trost zu gewinnen. Beinahe hätte er ganz Indien fluchen mögen oder doch seiner Neugierde und Wanderlust, die ihn hierher und in diese Sackgasse geführt hatte. Nie war ihm die Zukunft so düster erschienen, und nie hatte er sich so wenig zum Bekenner und Märtyrer geschaffen gefühlt wie in dieser Nacht.

Zum Frühstück kam er mit unterhöhlten Augen und müden Zügen, rührte unfroh mit dem Löffel im duftenden Tee und schälte in verdrossener Spielerei lange Zeit an einer Banane herum, bis Herr Bradley erschien. Dieser grüßte kurz und kühl wie sonst, setzte den Boy und den Wasserträger durch laute Befehle in Trab, suchte sich mit langwieriger Umsicht die goldenste Frucht aus dem Bananenbüschel und aß dann rasch und herrisch, während im sonnigen Hof der Diener sein Pferd vorführte.

»Ich hatte noch etwas mit Ihnen zu besprechen«, sagte der Missionar, als der andere eben aufbrechen wollte. Argwöhnisch blickte Bradley auf.

»So? Ich habe sehr wenig Zeit. Muß es gerade jetzt sein?«

»Ja, es ist besser. Ich fühle mich verpflichtet, Ihnen zu sagen, daß ich von dem unerlaubten Umgange weiß, den Sie mit einem Hinduweib haben. Sie können sich denken, wie peinlich es mir ist . . .«

»Peinlich!« rief Bradley aufspringend und brach in ein zorniges Gelächter aus. »Herr, Sie sind ein größerer Esel, als ich je gedacht hätte! Was Sie von mir halten, ist mir natürlich durchaus einerlei, daß Sie aber in meinem Hause herumschnüffeln und spionieren, finde ich niederträchtig. Machen wir die Sache kurz! Ich lasse Ihnen Zeit bis Sonntag. Bis dahin suchen Sie sich freundlichst eine neue Unterkunft in der Stadt; denn in diesem Haus werde ich Sie keinen Tag länger dulden!«

Aghion hatte eine barsche Abfertigung, nicht aber diese Antwort erwartet. Doch ließ er sich nicht einschüchtern.

»Es wird mir ein Vergnügen sein«, sagte er

mit guter Haltung, »Sie von meiner lästigen Einquartierung zu befreien. Guten Morgen, Herr Bradley!«

Er ging weg, und Bradley sah ihm aufmerksam nach, halb betroffen, halb belustigt. Dann strich er sich den harten Schnurrbart, rümpfte die Lippen, pfiff seinem Hunde und stieg die Holztreppe zum Hof hinab, um in die Stadt zu reiten.

Beiden Männern war die kurze gewitterhafte Aussprache und Klärung der Lage willkommen. Aghion allerdings sah sich unerwartet vor Sorgen und Entschlüsse gestellt, die ihm bis vor einer Stunde noch in angenehmer Ferne geschwebt hatten. Aber je ernstlicher er seine Angelegenheiten bedachte und je deutlicher es ihm wurde, daß der Streit mit Bradley eine Nebensache, die Lösung seines ganzen verworrenen Zustandes aber nun eine unerbittliche Notwendigkeit geworden sei, desto klarer und wohler wurde ihm in den Gedanken. Das Leben in diesem Hause, das Brachliegen seiner Kräfte, alle die ungestillten Begierden und toten Stunden waren ihm zu einer Qual geworden, die seine einfältige Natur ohnehin nicht lange mehr ertragen hätte.

Es war noch früh am Morgen, und eine Ecke des Gartens, sein Lieblingsplatz, lag noch kühl im Schatten. Hier hingen die Zweige verwilderter Gebüsche über einen ganz kleinen, gemauerten Weiher nieder, der einst als Badestelle angelegt, aber verwahrlost und nun von einem Völkchen gelber Schildkröten bewohnt war. Hierher trug er seinen Bambusstuhl, legte sich nieder und sah den schweigsamen Tieren zu, welche träg und wohlig im lauen grünen Wasser schwammen und still aus klugen kleinen Augen blickten. Jenseits im Wirtschaftshofe kauerte in seinem Winkel der unbeschäftigte Stalljunge und sang; sein eintöniges näselndes Lied klang wie Wellenspiel herüber und zerfloß in der warmen Luft, und unversehens überfiel nach der schlaflosen erregten Nacht den Liegenden die Müdigkeit, er schloß die Augen, ließ die Arme sinken und schlief ein.

Als ein Mückenstich ihn weckte, sah er mit Beschämung, daß er fast den ganzen Vormittag verschlafen hatte. Aber er fühlte sich nun frisch und ging ungesäumt daran, seine Gedanken und Wünsche zu ordnen und die Wirrnis seines Lebens sachte auseinander zu falten. Da wurde ihm unzweifelhaft klar, was unbewußt seit langem ihn gelähmt und seine Träume beängstigt hatte, daß nämlich seine Reise nach Indien zwar durchaus gut und klug gewesen war, daß aber zum Missionar ihm der richtige innere Beruf und Antrieb fehle. Er war bescheiden genug, darin eine Niederlage und einen betrübenden Mangel zu sehen; aber zur Verzweiflung war kein Grund vorhanden. Vielmehr schien ihm jetzt, da er entschlossen war, sich eine angemessenere Arbeit zu suchen, das reiche Indien erst recht eine gute Zuflucht und Heimat zu sein. Mochte es traurig sein, daß alle diese Eingeborenen sich falschen Göttern verschrieben hatten – sein Beruf war es nicht, das zu ändern. Sein Beruf war, dieses Land für sich zu erobern und für sich und andere das Beste daraus zu holen, indem er sein Auge, seine Kenntnis, seine zur Tat gewillte Jugend darbrachte und überall bereitstand, wo eine Arbeit für ihn sich böte.

Noch am Abend desselben Tages wurde er, nach einer kurze Besprechung, von einem in Bombay wohnhaften Herrn Sturrock als Sekretär und Aufseher für eine benachbarte Kaffeepflanzung angestellt. Einen Brief an seine bisherigen Brotgeber, worin Aghion sein Tun erklärte und sich zum spätern Ersatz des Empfangenen verpflichtete, versprach Sturrock nach London zu besorgen. Als der neue Aufseher in seine Wohnung zurückkehrte, fand er Bradley in Hemdärmeln allein beim Abendessen sitzen. Er teilte ihm, noch ehe er neben ihm Platz nahm, das Geschehene mit.

Bradley nickte mit vollem Munde, goß etwas Whisky in sein Trinkwasser und sagte fast freundlich: »Sitzen Sie, und bedienen Sie sich, der Fisch ist schon kalt. Nun sind wir ja eine Art von Kollegen. Na, ich wünsche Ihnen Gutes. Kaffee bauen ist leichter als Hindus bekehren, das ist gewiß, und möglicherweise ist es ebenso wertvoll. Ich hätte Ihnen nicht so viel Vernunft zugetraut, Aghion!«

Die Pflanzung, die er beziehen sollte, lag zwei Tagereisen weit landeinwärts, und übermorgen sollte Aghion in Begleitung einer Kulitruppe dorthin aufbrechen; so blieb ihm zum Besorgen seiner Angelegenheiten nur ein einziger Tag. Zu Bradleys Verwunderung erbat er sich für morgen ein Reitpferd, doch enthielt sich jener aller Fragen, und die beiden Männer saßen, nachdem sie die von tausend Insekten umflügelte Lampe hatten wegtragen lassen, in dem lauen, schwarzen indischen Abend einander gegenüber und fühlten sich einander näher als in all diesen vielen Monaten eines gezwungenen Zusammenlebens.

»Sagen Sie«, fing Aghion nach einem langen Schweigen an, »Sie haben sicher von Anfang an nicht an meine Missionspläne geglaubt?«

»O doch«, gab Bradley ruhig zurück. »Daß es Ihnen damit Ernst war, konnte ich ja sehen.«

»Aber Sie konnten gewiß auch sehen, wie wenig ich zu dem paßte, was ich hier tun und vorstellen sollte! Warum haben Sie mir das nie gesagt?«

»Ich war von niemand dazu angestellt. Ich liebe es nicht, wenn mir jemand in meine Sachen hineinredet; so tue ich das auch bei anderen nicht. Außerdem habe ich hier in Indien schon die verrücktesten Dinge unternehmen und gelingen sehen. Das Bekehren war Ihr Beruf, nicht meiner. Und jetzt haben Sie ganz von selber einige Ihrer Irrtümer eingesehen! So wird es Ihnen auch noch mit anderen gehen . . .«

»Mit welchen zum Beispiel?«

»Zum Beispiel in dem, was Sie heut morgen mir an den Kopf geworfen haben.«

»Oh, wegen des Mädchens!«

»Gewiß. Sie sind ein Geistlicher gewesen; trotzdem werden Sie zugeben, daß ein gesunder Mann nicht jahrelang leben und arbeiten und gesund bleiben kann, ohne gelegentlich eine Frau bei sich zu haben. Mein Gott, darum brauchen Sie doch nicht rot zu werden! Nun sehen Sie: als Weißer in Indien, der sich nicht gleich eine Frau mit aus England herübergebracht hat, hat man wenig Auswahl. Es gibt keine englischen Mädchen hier. Die hier geboren werden, die schickt man schon als Kinder nach Europa heim. Es bleibt nur die Wahl zwischen den Matrosendirnen und den Hindufrauen, und die sind mir lieber. Was finden Sie daran schlimm?«

»Oh, hier verstehen wir uns nicht, Herr Bradley! Ich finde, wie es die Bibel und unsere Kirche vorschreibt, jede uneheliche Verbindung schlimm und unrecht!«

»Wenn man aber nichts anderes haben kann?«

»Warum sollte man nicht können? Wenn ein Mann ein Mädchen wirklich lieb hat, so soll er es heiraten.«

»Aber doch nicht ein Hindumädchen?«

»Warum nicht?«

»Aghion, Sie sind weitherziger als ich! Ich will mir lieber einen Finger abbeißen als eine Farbige heiraten, verstehen Sie? Und so werden Sie später auch einmal denken!«

»O bitte, das hoffe ich nicht. Da wir so weit sind, kann ich es Ihnen ja sagen: ich liebe ein Hindumädchen, und es ist meine Absicht, sie zu meiner Frau zu machen.«

Bradleys Gesicht wurde ernsthaft. »Tun Sie das nicht!« sagte er fast bittend.

»Doch, ich werde es tun«, fuhr Aghion begeistert fort. »Ich werde mich mit dem Mädchen verloben und sie dann so lange erziehen und unterrichten, bis sie die christliche Taufe erhalten kann; dann lassen wir uns in der englischen Kirche trauen.«

»Wie heißt sie denn?« fragte Bradley nachdenklich.

»Naissa.«

»Und ihr Vater?«

»Das weiß ich nicht.«

»Na, bis zur Taufe hat es ja noch Zeit; überlegen Sie sich das lieber noch einmal! Natürlich kann sich unsereiner in ein indisches Mädel verlieben, sie sind oft hübsch genug. Sie sollen auch treu sein und zahme Frauen abgeben. Aber ich kann sie doch immer nur wie eine Art Tierchen ansehen, wie lustige Ziegen oder schöne Rehe, nicht wie meinesgleichen.«

»Ist das nicht ein Vorurteil? Alle Menschen sind Brüder, und die Inder sind ein altes edles Volk.«

»Ja, das müssen Sie besser wissen, Aghion. Was mich betrifft, ich habe sehr viel Achtung vor Vorurteilen.«

Er stand auf, sagte gute Nacht und ging in sein Schlafzimmer, in dem er gestern die hübsche große Wäscheträgerin bei sich gehabt hatte. »Wie eine Art Tierchen«, hatte er gesagt, und Aghion lehnte sich nachträglich in Gedanken dagegen auf.

Früh am andern Tage, noch ehe Bradley zum Frühstück gekommen war, ließ Aghion das Reitpferd vorführen und ritt davon, während noch in den Baumwipfeln die Affen ihr Morgengeschrei verübten. Und noch stand die Sonne nicht hoch, als er schon in der Nähe jener Hütte, wo er die hübsche Naissa kennengelernt hatte, sein Tier anband und zu Fuß sich der Behausung näherte. Auf der Türschwelle saß nackt der kleine Sohn und spielte mit einer jungen Ziege, von der er sich lachend immer wieder vor die Brust stoßen ließ.

Eben als der Besucher vom Wege abbiegen wollte, um in die Hütte zu treten, stieg über den kauernden Jungen hinweg vom Innern der Hütte her ein junges Mädchen, das er sofort als Naissa erkannte. Sie trat auf die Gasse, einen hohen irdenen Wasserkrug leer in der losen Rechten tragend, und ging, ohne ihn zu beachten, vor Aghion her, der ihr mit Entzücken folgte. Bald hatte er sie eingeholt und rief ihr einen Gruß zu. Sie hob den Kopf, indem sie das Grußwort leise erwiderte, und sah aus den schönen braungoldenen Augen kühl auf den Mann, als kenne sie ihn nicht, und als er ihre Hand ergriff, zog sie sie erschrocken zurück und lief mit beschleunigten Schritten weiter. Er begleitete sie bis zu dem gemauerten Wasserbehälter, wo das Wasser einer schwachen Quelle dünn und sparsam über moosig-alte Steine rann; er wollte ihr helfen, den Krug zu füllen und emporzuziehen, aber sie wehrte ihn schweigend ab und machte ein trotziges Gesicht. Er war über so viel Sprödigkeit erstaunt und enttäuscht, und jetzt suchte er aus seiner Tasche das Geschenk hervor, das er für sie mitgebracht hatte, und es tat ihm nun doch ein wenig weh, zu sehen, wie sie alsbald die Abwehr vergaß und nach dem Dinge griff, das er ihr anbot. Es war eine emaillierte kleine Dose mit hübschen Blumenbildchen darauf, und die innere Seite des runden Deckels bestand aus einem kleinen Spiegel. Er zeigte ihr, wie man ihn öffne, und gab ihr das Ding in die Hand.

»Für mich?« fragte sie mit Kinderaugen.

»Für dich!« sagte er, und während sie mit der Dose spielte, streichelte er ihren sammetweichen Arm und ihr langes schwarzes Haar.

Da sie ihm nun Dank sagte und mit unentschlossener Gebärde den vollen Wasserkrug ergriff, versuchte er, ihr etwas Liebes und Zärtliches zu sagen, was sie jedoch offenbar nur halb verstand, und indem er sich auf Worte besann und unbeholfen neben ihr stand, schien ihm plötzlich die Kluft zwischen ihm und ihr ungeheuer, und er dachte mit Trauer, wie wenig doch vorhanden sei, das ihn mit ihr verbinde, und wie lange, lange es dauern mochte, bis sie einmal seine Braut und seine Freundin sein, seine Sprache verstehen, sein Wesen begreifen, seine Gedanken teilen könnte.

Mittlerweile hatte sie langsam den Rückweg angetreten, und er ging neben ihr her, der Hütte entgegen. Der Knabe war mit der Ziege in einem atemlosen Jagdspiel begriffen; sein schwarzbrauner Rücken glänzte metallisch in der Sonne, und sein geblähter Reisbauch ließ die Beine zu dünn erscheinen. Mit einem Anflug von Befremdung dachte der Engländer daran, daß, wenn er Naissa heirate, dieses Naturkind sein Schwager sein würde. Um sich diesen Vorstellungen zu entziehen, sah er das Mädchen wieder an. Er betrachtete ihr entzückend feines, großäugiges Gesicht mit dem kühlen kindlichen Munde und mußte denken, ob es ihm wohl glücken werde, heute noch von diesen Lippen den ersten Kuß zu erhalten.

Aus diesem lieblichen Gedanken schreckte

ihn eine Erscheinung, die plötzlich aus der Hütte trat und wie ein Spuk vor seinen ungläubigen Augen stand. Es erschien im Türrahmen, schritt über die Schwelle und stand vor ihm eine zweite Naissa, ein Spiegelbild der ersten, und das Spiegelbild lächelte ihm zu und grüßte ihn, griff in ihr Hüftentuch und zog etwas hervor, das sie triumphierend über ihrem Haupte schwang, das blank in der Sonne glitzerte und das er nach einer Weile denn auch erkannte. Es war die kleine Schere, die er kürzlich Naissa geschenkt hatte, und das Mädchen, dem er heute die Spiegeldose gegeben, in dessen schöne Augen er geblickt und dessen Arm er gestreichelt hatte, war gar nicht Naissa, sondern deren Schwester, und wie die beiden Mädchen nebeneinander standen, noch immer kaum voneinander zu unterscheiden, da kam sich der verliebte Aghion unsäglich betrogen und irregegangen vor. Zwei Rehe konnten einander nicht ähnlicher sein, und wenn man ihm in diesem Augenblick freigestellt hätte, eine von ihnen zu wählen und mit sich zu nehmen und für immer zu behalten, er hätte nicht gewußt, welche von beiden es war, die er liebte. Wohl konnte er allmählich erkennen, daß die wirkliche Naissa die ältere und ein wenig kleinere sei; aber seine Liebe, deren er vor Augenblicken noch so sicher zu sein gemeint hatte, war ebenso auseinandergebrochen und zu zwei Hälften zerfallen wie das Mädchenbild, das sich vor seinen Augen so unerwartet und unheimlich verdoppelt hatte.

Bradley erfuhr nichts von dieser Begebenheit, er stellte auch keine Fragen, als zu Mittag Aghion heimkehrte und schweigsam beim Essen saß. Und am nächsten Morgen, als Aghions Kulis anrückten und seine Kisten und Säcke aufpackten und wegtrugen und als der Abreisende dem Dableibenden noch einmal Dank sagte und die Hand hinbot, da faßte Bradley die Hand kräftig und sagte: »Gute Reise, mein Junge! Es wird später eine Zeit kommen, wo Sie vor Sehnsucht vergehen werden, statt der süßen Hinduschnauzen wieder einmal einen ehrlichen ledernen Engländerkopf zu sehen! Dann kommen Sie zu mir, und dann werden wir über alles Mögliche einig sein, worüber wir heute noch verschieden denken!«

(1911)

Zeittafel

1877	geboren am 2. Juli in Calw/Württemberg als Sohn des baltischen Missionars und späteren Leiters des »Calwer Verlagsvereins« Johannes Hesse (1847–1916) und dessen Frau Marie verw. Isenberg, geb. Gundert (1842–1902), der ältesten Tochter des namhaften Indologen und Missionars Hermann Gundert.
1881 –1886	wohnt Hesse mit seinen Eltern in Basel, wo der Vater bei der »Basler Mission« unterrichtet und 1883 die Schweizer Staatsangehörigkeit erwirbt (zuvor: russische Staatsangehörigkeit).
1886 –1889	Rückkehr der Familie nach Calw (Juli), wo Hesse das Reallyzeum besucht.
1890 –1891	Lateinschule in Göppingen zur Vorbereitung auf das Württembergische Landesexamen (Juli 1891), der Voraussetzung für eine kostenlose Ausbildung zum ev. Theologen im »Tübinger Stift«. Als staatlicher Schüler muß Hesse auf sein Schweizer Bürgerrecht verzichten. Deshalb erwirbt ihm der Vater im November 1890 die württembergische Staatsangehörigkeit (als einzigem Miglied der Familie).
1891 –1892	Seminarist im ev. Klosterseminar Maulbronn (ab Sept. 1891), aus dem er nach 7 Monaten flieht, weil er »entweder Dichter oder gar nichts werden wollte«.
1892	bei Christoph Blumhardt in Bad Boll (April bis Mai); Selbstmordversuch (Juni), Aufenthalt in der Nervenheilanstalt Stetten (Juni–August). Aufnahme in das Gymnasium von Cannstatt (Nov. 1892), wo er
1893	im Juli das Einjährig-Freiwilligen-Examen (Obersekundareife) absolviert. »Werde Sozialdemokrat und laufe ins Wirtshaus. Lese fast nur Heine, den ich sehr nachahmte.« Im Oktober Beginn einer Buchhändlerlehre in Esslingen, die er aber schon nach drei Tagen aufgibt.
1894 –1895	15 Monate als Praktikant in der Calwer Turmuhrenfabrik Perrot. Plan, nach Brasilien auszuwandern.

1895 –1898 Buchhändlerlehre in Tübingen (Buchhandlung Heckenhauer). 1896 erste Gedichtpublikation in »Das deutsche Dichterheim«, Wien. Die erste Buchpublikation *Romantische Lieder* erscheint im Oktober 1898.

1899 Beginn der Niederschrift eines Romans *Schweinigel* (Manuskript noch nicht aufgefunden). Der Prosaband *Eine Stunde hinter Mitternacht* erscheint im Juni bei Diederichs, Jena.

Im September Übersiedlung nach Basel, wo Hesse bis Januar 1901 als Sortimentsgehilfe in der Reich'schen Buchhandlung beschäftigt ist.

1900 beginnt er für die »Allgemeine Schweizer Zeitung« Artikel und Rezensionen zu schreiben, die ihm mehr noch als seine Bücher »einen gewissen lokalen Ruf machten, der mich im gesellschaftlichen Leben sehr unterstützte«.

1901 Von März bis Mai erste Italienreise.

Ab August 1901 (bis Frühjahr 1903) Buchhändler im Basler Antiquariat Wattenwyl.

Die *Hinterlassenen Schriften und Gedichte von Hermann Lauscher* erscheinen im Herbst bei R. Reich.

1902 *Gedichte* erscheinen bei Grote, Berlin, seiner Mutter gewidmet, die kurz vor Erscheinen des Bändchens stirbt.

1903 Nach Aufgabe der Buchhändler- und Antiquariatsstellung zweite Italienreise, gemeinsam mit Maria Bernoulli, mit der er sich im Mai verlobt. Kurz davor Abschluß der Niederschrift des *Camenzind*-Manuskripts, das Hesse auf Einladung des S. Fischer Verlags nach Berlin sendet. Ab Oktober (bis Juni 1904) u. a. Niederschrift von *Unterm Rad* in Calw.

1904 *Peter Camenzind* erscheint bei S. Fischer, Berlin. Eheschließung mit Maria Bernoulli und Umzug nach Gaienhofen am Bodensee (Juli) in ein leerstehendes Bauernhaus. Freier Schriftsteller und Mitarbeiter an zahlreichen Zeitungen und Zeitschriften (u. a. »Die Propyläen«, d. i. »Münchner Zeitung«; »Die Rheinlande«; »Simplicissimus«; »Der Schwabenspiegel«, d. i. »Württemberger Zeitung«). Die biographischen Studien *Boccaccio* und *Franz von Assisi* erscheinen bei Schuster & Loeffler, Berlin und Leipzig.

1905 im Dezember Geburt des Sohnes Bruno.

1906 *Unterm Rad* (1903–1904 entstanden) erscheint bei S. Fischer, Berlin. Gründung der liberalen, gegen das persönliche Regiment Wilhelms II. gerichteten Zeitschrift »März« (Verlag Albert Langen, München), als deren Mitherausgeber Hesse bis 1912 zeichnet.

1907 *Diesseits* (Erzählungen) erscheint bei S. Fischer, Berlin. In Gaienhofen baut und bezieht Hesse ein eigenes Haus »Am Erlenloh«.

1908 *Nachbarn* (Erzählungen) erscheint bei S. Fischer, Berlin.

1909 im März Geburt des zweiten Sohnes Heiner.

1910 *Gertrud* (Roman) erscheint bei Albert Langen, München.

1911 im Juli Geburt des dritten Sohnes Martin.

Unterwegs (Gedichte) erscheint bei Georg Müller, München; Sept. bis Dez. Indienreise mit dem befreundeten Maler Hans Sturzenegger.

1912 *Umwege* (Erzählungen) erscheint bei S. Fischer, Berlin. Hesse verläßt Deutschland für immer und übersiedelt mit seiner Familie nach Bern in das Haus des verstorbenen befreundeten Malers Albert Welti.

1913 *Aus Indien.* Aufzeichnungen einer indischen Reise, erscheint bei S. Fischer, Berlin.

1914 *Roßhalde* (Roman), erscheint im März bei S. Fischer, Berlin.

Bei Kriegsbeginn meldet sich Hesse freiwillig, wird aber als dienstuntauglich zurückgestellt und 1915 der Deutschen Gesandtschaft in Bern zugeteilt, wo er von nun an im Dienst der »Deutschen Gefangenenfürsorge« bis 1919 Hunderttausende von Kriegsgefangenen und Internierten in Frankreich, England, Rußland und Italien mit Lektüre versorgt, Gefangenenzeitschriften (z. B. die »Deutsche Interniertenzeitung«) herausgibt, redigiert und 1917 einen eigenen Verlag für Kriegsgefangene (»Verlag der Bücherzentrale für deutsche Kriegsgefangene«) aufbaut, in welchem bis 1919 22 von H. H. edierte Bände erscheinen.

Zahlreiche politische Aufsätze, Mahnrufe, offene Briefe etc. in deutschen, schweizerischen und österreichischen Zeitungen und Zeitschriften.

1915 *Knulp.* Drei Geschichten aus dem Leben Knulps (Teilvorabdruck bereits 1908), erscheint bei S. Fischer, Berlin.

Am Weg (Erzählungen) erscheint bei Reuß & Itta, Konstanz.

Musik des Einsamen. Neue Gedichte, erscheint bei Eugen Salzer, Heilbronn.

Schön ist die Jugend (Erzählungen) erscheint bei S. Fischer, Berlin.

1916 Tod des Vaters, beginnende Schizophrenie seiner Frau und Erkrankung des jüngsten Sohnes führen zu einem Nervenzusammenbruch Hesses. Erste psychotherapeutische Behandlung durch den C. G. Jung-Schüler J. B. Lang bei einer Kur in Sonnmatt bei Luzern. Gründung der »Deutschen Interniertenzeitung« und des »Sonntagsboten für die deutschen Kriegsgefangenen«.

1917 wird Hesse nahegelegt, seine zeitkritische Publizistik zu unterlassen. Erste pseudonyme Zeitungs- und Zeitschriftenpublikationen unter dem Decknamen Emil Sinclair. Niederschrift des *Demian* (Sept. bis Okt.).

1919 Die politische Flugschrift *Zarathustras Wiederkehr.* Ein Wort an die deutsche Jugend von einem Deutschen, erscheint anonym im Verlag Stämpfli, Bern.

Auflösung des Berner Haushalts (April). Trennung von seiner in einer Heilanstalt internierten Frau. Unterbringung der Kinder bei Freunden. Im Mai Übersiedlung nach Montagnola/Tessin in die Casa Camuzzi, die er bis 1931 bewohnt.

Kleiner Garten. Erlebnisse und Dichtungen, erscheint bei E. P. Tal & Co., Wien und Leipzig.

Demian. Die Geschichte einer Jugend, erscheint bei S. Fischer, Berlin, unter dem Pseudonym Emil Sinclair. Die Sammlung *Märchen* erscheint bei S. Fischer, Berlin. Gründung und Herausgabe der Zeitschrift »Vivos voco«, Für neues Deutschtum (Leipzig und Bern).

1920 *Gedichte des Malers,* Zehn Gedichte mit farbigen Zeichnungen, und die Dostojewski-Essays u.d.T. *Blick ins Chaos* erscheinen im Verlag Seldwyla, Bern.

Klingsors letzter Sommer (Erzählungen) erscheint bei S. Fischer, Berlin; danach, ebenfalls bei S. Fischer, *Wanderung.* Aufzeichnungen mit farbigen Bildern vom Verfasser.

Zarathustras Wiederkehr, Neuauflage bei S. Fischer, diesmal unter Angabe des Autors.

1921 *Ausgewählte Gedichte* erscheinen bei S. Fischer, Berlin. Krise mit fast anderthalbjähriger Unproduktivität zwischen der Niederschrift des ersten und des zweiten Teils von *Siddhartha.* Psychoanalyse bei C. G. Jung in Küsnacht bei Zürich.

Elf Aquarelle aus dem Tessin erscheint bei O. C. Recht, München.

1922 *Siddhartha.* Eine indische Dichtung, erscheint bei S. Fischer, Berlin.

1923 *Sinclairs Notizbuch* erscheint bei Rascher, Zürich. Erster Kuraufenthalt in Baden bei Zürich, das er fortan (bis 1952) alljährlich im Spätherbst aufsucht. Die Ehe mit Maria Bernoulli wird geschieden (Juni).

1924 Hesse wird wieder Schweizer Staatsbürger.

Bibliotheks- und Vorbereitungsarbeiten an seinen Herausgeberprojekten in Basel. Heirat mit Ruth Wenger, Tochter der Schriftstellerin Lisa Wenger.

Ende März Rückkehr nach Montagnola.

Psychologia Balnearia oder Glossen eines Badener Kurgastes, erscheint als Privatdruck; ein Jahr später als erster Band in der Ausstattung der »Gesammelten Werke in Einzelausgaben« u.d.T.:

1925 *Kurgast* bei S. Fischer, Berlin. Lesereise u. a. nach Ulm, München, Augsburg, Nürnberg (im November).

1926 *Bilderbuch* (Schilderungen) erscheint bei S. Fischer, Berlin. Hesse wird als auswärtiges Mitglied in die

Sektion für Dichtkunst der Preußischen Akademie der Künste gewählt, aus der er 1931 austritt: »Ich habe das Gefühl, beim nächsten Krieg wird diese Akademie viel zur Schar jener 90 oder 100 Prominenten beitragen, welche das Volk wieder wie 1914 im Staatsauftrag über alle lebenswichtigen Fragen belügen werden.«

1927 *Die Nürnberger Reise* und *Der Steppenwolf* erscheinen bei S. Fischer, Berlin, gleichzeitig – zum 50. Geburtstag Hesses – die erste Hesse-Biographie (von Hugo Ball). Auf Wunsch seiner zweiten Frau, Ruth, Scheidung der 1924 geschlossenen Ehe.

1928 *Betrachtungen* und *Krisis.* Ein Stück Tagebuch, erscheinen bei S. Fischer, Berlin, letzteres in einmaliger, limitierter Auflage.

1929 *Trost der Nacht.* Neue Gedichte, erscheint bei S. Fischer, Berlin; *Eine Bibliothek der Weltliteratur* als Nr. 7003 in Reclams Universalbibliothek bei Reclam, Leipzig.

1930 *Narziß und Goldmund* (Erzählung) erscheint bei S. Fischer, Berlin.

1931 Umzug innerhalb Montagnolas in ein neues, ihm auf Lebzeiten zur Verfügung gestelltes Haus, das H. C. Bodmer für ihn gebaut hat. Eheschließung mit der Kunsthistorikerin Ninon Dolbin, geb. Ausländer, aus Czernowitz.

Weg nach innen. Vier Erzählungen (»Siddhartha«, »Kinderseele«, »Klein und Wagner«, »Klingsors letzter Sommer«), erscheint als preiswerte und auflagenstarke Sonderausgabe bei S. Fischer, Berlin.

1932 *Die Morgenlandfahrt* erscheint bei S. Fischer, Berlin.

1932–1943 Entstehung des *Glasperlenspiels.*

1933 *Kleine Welt* (Erzählungen aus »Nachbarn«, »Umwege« und »Aus Indien«, leicht bearbeitet) erscheint bei S. Fischer, Berlin.

1934 Hesse wird Mitglied des Schweizerischen Schriftstellervereins (zwecks besserer Abschirmung von der NS-Kulturpolitik und effektiverer Interventionsmöglichkeiten für die emigrierten Kollegen).

Vom Baum des Lebens (Ausgewählte Gedichte) erscheint im Insel Verlag, Leipzig.

1935 *Fabulierbuch* (Erzählungen) erscheint bei S. Fischer, Berlin.

Politisch erzwungene Teilung des S. Fischer Verlags in einen reichsdeutschen (von Peter Suhrkamp geleiteten) Teil und den Emigrationsverlag von Gottfried Bermann Fischer, dem die NS-Behörden nicht erlauben, die Verlagsrechte am Werk Hermann Hesses mit ins Ausland zu nehmen.

1936 läßt Hesse dennoch seine Hexameterdichtung *Stunden im Garten* in Bermann Fischers Exil-Verlag in Wien erscheinen.

Im September erste persönliche Begegnung mit Peter Suhrkamp.

1937 *Gedenkblätter* und *Neue Gedichte* erscheinen bei S. Fischer, Berlin.

Der lahme Knabe, ausgestattet von Alfred Kubin, erscheint als Privatdruck in Zürich.

1939 –1945 gelten Hesses Werke in Deutschland für unerwünscht. »Unterm Rad«, »Der Steppenwolf«, »Betrachtungen«, »Narziß und Goldmund« und »Eine Bibliothek der Weltliteratur« dürfen nicht mehr nachgedruckt werden.

Die von S. Fischer begonnenen »Gesammelten Werke in Einzelausgaben« müssen deshalb in der Schweiz, im Verlag Fretz & Wasmuth, fortgesetzt werden.

1942 Dem S. Fischer Verlag, Berlin, wird die Druckerlaubnis für *Das Glasperlenspiel* verweigert. *Die Gedichte,* erste Gesamtausgabe von Hesses Lyrik, erscheinen bei Fretz & Wasmuth, Zürich.

1943 *Das Glasperlenspiel.* Versuch einer Lebensbeschreibung des Magister Ludi Josef Knecht samt Knechts hinterlassenen Schriften, erscheint bei Fretz & Wasmuth, Zürich.

1944 Die Gestapo verhaftet Peter Suhrkamp, Hesses Verleger.

1945 *Berthold,* ein Romanfragment, und *Traumfährte* (Neue Erzählungen und Märchen) erscheinen bei Fretz & Wasmuth, Zürich.

1946 *Krieg und Frieden* (Betrachtungen zu Krieg und Politik seit dem Jahr 1914) erscheint bei Fretz & Wasmuth, Zürich. Danach können Hesses Werke auch in Deutschland wieder gedruckt werden, zunächst im »Suhrkamp Verlag vorm. S. Fischer« (ab 1951 dann im Suhrkamp Verlag, Frankfurt am Main). Goethe-Preis der Stadt Frankfurt am Main. Nobel-Preis.

1950 Hesse ermutigt und ermöglicht Peter Suhrkamp, einen eigenen Verlag zu gründen, der im Juli eröffnet wird.

1951 *Späte Prosa* und *Briefe* erscheinen bei Suhrkamp, Frankfurt am Main.

1952 *Gesammelte Dichtungen* in sechs Bänden als Festgabe zu Hesses 75. Geburtstag erscheinen bei Suhrkamp, Frankfurt am Main.

1954 *Piktors Verwandlungen.* Ein Märchen, faksimiliert, erscheint bei Suhrkamp, Frankfurt am Main.
Der *Briefwechsel: Hermann Hesse – Romain Rolland* erscheint bei Fretz & Wasmuth, Zürich.

1955 *Beschwörungen,* Späte Prosa/Neue Folge, erscheint bei Suhrkamp, Frankfurt am Main. Friedenspreis des Deutschen Buchhandels.

1956 Stiftung eines Hermann-Hesse-Preises durch die Förderungsgemeinschaft der deutschen Kunst Baden-Württemberg e. V.

1957 *Gesammelte Schriften* in sieben Bänden, erscheinen bei Suhrkamp.

1961 *Stufen,* alte und neue Gedichte in Auswahl, erscheint bei Suhrkamp.

1962 *Gedenkblätter* (um fünfzehn Texte erweitert gegenüber der 1937 erschienenen Ausgabe) erscheint bei Suhrkamp.
9. August: Tod Hermann Hesses in Montagnola.

1962 »Hermann Hesse. Eine Bibliographie« von Helmut Waibler, erscheint im Francke Verlag, Bern und München.

1963 *Die späten Gedichte* erscheinen als Band 803 der Insel-Bücherei im Insel Verlag, Wiesbaden.

1964 Das Hermann-Hesse-Archiv in Marbach wird gegründet.

1965 *Prosa aus dem Nachlaß* (herausgegeben von Ninon Hesse) erscheint bei Suhrkamp.

Neue Deutsche Bücher, Literaturberichte für »Bonniers Litterära Magasin« 1935 bis 1936 (herausgegeben von Bernhard Zeller), in der Turmhahn-Bücherei des Schiller-Nationalmuseums, Marbach.

1966 *Kindheit und Jugend vor Neunzehnhundert,* Hermann Hesse in Briefen und Lebenszeugnissen 1877 bis 1895 (herausgegeben von Ninon Hesse), erscheint im Suhrkamp Verlag.

Tod von Ninon Hesse.

1968 *Hermann Hesse – Thomas Mann,* Briefwechsel (herausgegeben von Anni Carlsson), erscheint bei Suhrkamp und S. Fischer.

1969 *Hermann Hesse – Peter Suhrkamp,* Briefwechsel (herausgegeben von Siegfried Unseld), erscheint bei Suhrkamp.

1970 *Hermann Hesse Werkausgabe* in zwölf Bänden, mit einer Auswahl von Hesses Bücherberichten u. d. T. *Eine Literaturgeschichte in Rezensionen und Aufsätzen* (herausgegeben von Volker Michels), erscheint bei Suhrkamp.

1971 *Hermann Hesse – Helene Voigt-Diederichs.* Zwei Autorenportraits in Briefen (herausgegeben von Bernhard Zeller), erscheint bei Diederichs, Köln.

1972 Materialien zu Hermann Hesses *Der Steppenwolf* bei Suhrkamp.

1973 *Gesammelte Briefe,* Band 1, 1895–1921 (herausgegeben von Volker/Ursula Michels und Heiner Hesse), bei Suhrkamp.

Die Kunst des Müßiggangs, kurze Prosa aus dem Nachlaß und Materialien zu Hermann Hesses *Das Glasperlenspiel* (beide herausgegeben von Volker Michels) bei Suhrkamp.

Hermann Hesse. Eine Werkgeschichte. (Herausgegeben von Siegfried Unseld) bei Suhrkamp.

1974	Materialien zu Hermann Hesses *Siddhartha* (herausgegeben von Volker Michels) bei Suhrkamp.
1977	*Kleine Freuden.* Kurze Prosa aus dem Nachlaß. (Herausgegeben von Volker Michels), *Politik des Gewissens.* Die Politischen Schriften 1914–1962, 2 Bände (herausgegeben von Volker Michels), *Hermann Hesse–R. J. Humm,* Briefwechsel (herausgegeben von Volker und Ursula Michels), erscheinen bei Suhrkamp, ebenso *Die Welt der Bücher.* Betrachtungen und Aufsätze zur Literatur. *Hermann Hesse. Bodensee.* Betrachtungen, Erzählungen, Gedichte (herausgegeben von Volker Michels), bei Thorbecke, Sigmaringen. *Hermann Hesse als Maler,* ausgewählt von Bruno Hesse und Sandor Kuthy, bei Suhrkamp.
1978	*Kindheit und Jugend vor Neunzehnhundert,* Band 2 (herausgegeben von Gerhard Kirchhoff), bei Suhrkamp. *Hermann Hesse – Heinrich Wiegand,* Briefwechsel (herausgegeben von Klaus Pezold), erscheint im Aufbau Verlag, Berlin, DDR.
1979	*Gesammelte Briefe,* Band 2, 1922–1935, erscheint bei Suhrkamp. *Hermann Hesse.* Sein Leben in Bildern und Texten. Von Volker Michels, erscheint bei Suhrkamp. Theodore Ziolkowski, *Der Schriftsteller Hermann Hesse.*
1982	*Gesammelte Briefe,* Band 3, 1936–1948. Ralph Freedman, *Hermann Hesse, Autor der Krisis.* Eine Biographie.
1983	*Italien.* Schilderungen und Tagebücher. Herausgegeben von Volker Michels.
1986	*Gesammelte Briefe,* Band 4, 1949–1962.
1987	*Hermann Hesse in Augenzeugenberichten.* Herausgegeben von Volker Michels.
1988	*Die Welt im Buch,* Bd. 1, Rezensionen und Aufsätze 1900–1910.

Hermann Hesse
im Suhrkamp Verlag und
im Insel Verlag

Eine Auswahl

Gesammelte Schriften in sieben Bänden. Leinen und Leder

Band I: Frühe Prosa. Peter Camenzind. Unterm Rad. Diesseits Bernold

Band II: Gertrud. Kleine Welt. Roßhalde. Fabulierbuch

Band III: Knulp. Demian. Märchen. Wanderung. Klingsor. Siddhartha. Bilderbuch

Band IV: Kurgast. Die Nürnberger Reise. Der Steppenwolf. Traumfährte. Gedenkblätter. Späte Prosa

Band V: Narziß und Goldmund. Stunden im Garten. Der lahme Knabe. Die Gedichte

Band VI: Die Morgenlandfahrt. Das Glasperlenspiel

Band VII: Betrachtungen. Briefe. Rundbriefe. Tagebuchblätter

Werkausgabe. Zwölf Bände. Leinenkaschur

Gesammelte Briefe in vier Bänden. Unter Mitwirkung von Heiner Hesse herausgegeben von Ursula und Volker Michels. Leinen

Die Romane und die Großen Erzählungen. Jubiläumsausgabe zum hundersten Geburtstag von Hermann Hesse. Acht Bände in Schmuckkassette

Gesammelte Erzählungen. Geschenkausgabe in sechs Bänden

Hermann Hesse Lesebücher. Zusammengestellt von Volker Michels:
- Jedem Anfang wohnt ein Zauber inne. Lebensstufen
- Eigensinn macht Spaß. Individuation und Anpassung
- Wer lieben kann, ist glücklich. Über die Liebe
- Die Hölle ist überwindbar. Krisis und Wandlung
- Das Stumme spricht. Herkunft und Heimat. Natur und Kunst
- Die Einheit hinter den Gegensätzen. Religionen und Mythen

Einzelausgaben:
- Aus Indien. Erinnerungen, Erzählungen, Tagebuchaufzeichnungen. Herausgegeben von Volker Michels. st 562
- Aus Kinderzeiten. Gesammelte Erzählungen. Band I 1900-1905. st 347
- Ausgewählte Briefe. Zusammengestellt von Hermann Hesse und Ninon Hesse. st 211
- Berthold. Erzählung. st 1198
- Briefwechsel:
  - – Hermann Hesse – Rudolf Jakob Humm. Briefwechsel. Herausgegeben von Ursula und Volker Michels. Leinen

15/1/1.87

Hermann Hesse
im Suhrkamp Verlag und
im Insel Verlag

Eine Auswahl

15/2/1.87

Hermann Hesse
im Suhrkamp Verlag und
im Insel Verlag

Eine Auswahl

- Knulp. Drei Geschichten aus dem Leben Knulps. BS 75
- Ladidel. Erzählung. st 1200
- Lektüre für Minuten. Auswahl Volker Michels. st 7
- Lektüre für Minuten 2. Neue Folge. st 240
- Mein Glaube. Eine Dokumentation: Betrachtungen, Briefe, Rezensionen und Gedichte. Herausgegeben von Siegfried Unseld. BS 300
- Musik. Betrachtungen, Gedichte, Rezensionen und Briefe. Mit einem Essay von Hermann Kassack. BS 483 und st 1217
- Narziß und Goldmund. BS 65 und st 274
- Peter Camenzind. Erzählung. st 161
- Roßhalde. Roman. st 312
- Siddhartha. Eine indische Dichtung. BS 227 und st 182
- Sinclairs Notizbuch. Mit vier farbig reproduzierten aquarellierten Federzeichnungen des Verfassers. BS 839
- Stufen. Ausgewählte Gedichte. BS 342
- Unterm Rad. Erzählung. st 52 und BS 776
- Walter Kömpff. Erzählung. st 1199

Mit Hermann Hesse durch das Jahr. Mit Reproduktionen von 13 aquarellierten Federzeichnungen von Hermann Hesse.

Materialien zu Hesses Werk. Herausgegeben von Volker Michels:
- Band 1. Zu ›Siddhartha‹. stm. st 2048
- Band 2. Texte über Siddhartha. stm. st 2049

Hermann Hesse. Rezeption 1978-1983. Herausgegeben von Volker Michels. stm. st 2045

Hermann Hesse. Sein Leben in Bildern und Texten. Herausgegeben von Volker Michels. Gestalt von Willy Fleckhaus. Mit Anmerkungen, Namenregister, Zitat- und Bildnachweis. Vorwort von Hans Mayer. Leinen

Hermann Hesse – Leben und Werk im Bild. Herausgegeben von Volker Michels. it 36

Hermann Hesse – Werk- und Wirkungsgeschichte. Von Siegfried Unseld. Revidierte Fassung. st 1257

15/3/1.87

2/1/8.86

2/2/8.86

2/3/8.86

2/4/8.86

2/5/8.86

2/6/8.86

2/7/8.86